菫程な論文集

山崎元男
YAMAZAKI Motoo

文芸社

目次

1

ロンドンの夏目漱石　その下宿を中心に

＊第1回目の下宿

1900.10.28~11.11

76 Gower St. London

大英博物館、ロンドン大学、Euston駅に近く、今もロンドン市内で、Paddington駅付近、Victoria駅付近と並ぶB＆B（ベッド・アンド・ブレックファスト）街。私が訪れた時、76番地はちょうど工事中だった。（以下、引用文は、旧字を新字、一部カタカナをひらがなに改め、句読点を適宜加え、ルビを省略しています）

岡田氏の用事の為め倫敦[原]市中に歩行す。方角も何も分らず且南亞より帰る義勇兵歓迎の為め非常の雑踏にて困却せり。夜美野[原]部氏と市中雑踏の中を散歩す。

（『日記及断片上』明治三十三年十月二十九日）

小生只今の宿所は日本人の下宿する所にて76 Gower Street, London に候。是は旅屋より遙かに安直なれども一日に部屋食料等にて六円許を要し候。到底留学費を丸で費ても足らぬ故早くきり上る積に候。

（『書簡集一』妻宛　明治三十三年十月二十九日）

第１回目の下宿

九月八日に日本を出てから十月下旬に「パリ」にて博覧会を一週間許り見たが一切何も分らないと思ひ給へ。夫から皆に別れて心細くも英国へ着したが、朋友も居らず、方角も分らず、北海道の土人が始めて東京へ修業へ出た位の処さ。大塚君から教へられたGower St. の下宿へ行つて部屋の明いて居る処があるなら留めて頂けますまいか、何ていう頗る馬鹿叮嚀な調子で頼み込んで漸く雨露丈は凌いだ。

（同書　狩野亨吉、大塚保治、菅虎雄、山川信次郎宛　明治三十四年二月九日）

表へ出ると、広い通りが真直に家の前を貫いてゐる。試みに其の中央に立つて見廻して見たら、眼に入る家は悉く四階で、又悉く同じ色であつた。隣も向ふも区別のつきかねる位似寄つた構造なので、今自分が出て来たのは果してどの家であるか、二三間行過ぎて、後戻りをすると、もう分らない。不思議な町である。（中略）

自分は歩きながら、今出て来た家の事を想ひ浮べた。一様の四階建の、一様の色の、不思議な町は、何でも遠くにあるらしい。何処をどう曲つて、何処をどう歩いたら帰れるか、殆ど覚束ない気がする。よし帰れても、自分の家は見出せさうもない。その家は昨夕暗い中に暗く立つてゐた。

（『小品上』「永日小品」印象）

この文章中、トラファルガー広場のことが書かれているので、ナショナル・ギャラリーを訪れた11月5日のことと思われる。ちなみに、トラファルガー広場はナショナル・ギャラリーの前にある。

＊第2回目の下宿
1900.11.12〜1900.12.23
85 Priory Road, Westhampstead, London
Miss Milde 方

国鉄、地下鉄 Jubilee 線いずれも West Hampstead 駅が近い。ロンドンの北西部にあり、閑静な住宅街といえる。近くに Hampstead Heath があり、漱石も11月23日にここを訪れている。その中には、オーディオ・メーカーの名前の元になったケンウッドというところがあり、Open Air Stage がある。また、その Heath の北側に The Iveagh Bequest という博物館があり、レンブラントのいくつかある自画像の一つが飾ってあった。

ここから3度目の下宿に引っ越した日が、正確にいつか『日記』に記載がないので分からないが、下宿は週決めで契約するのが普通なので、丸6週間目の12月24日に、次の下宿に移ったのだろうと推測するのは、出口保夫氏である（『ロンドンの夏目漱石』河出書房新社）。

第２回目の下宿

Underground railway に乗る。Ker の lecture を聞く。

（『日記及断片上』明治三十三年十一月十三日）

「地下鉄に乗る」とわざわざ断ってあるところを見ると、これが初めてなのではないか。Ker というのは、ロンドン大学ユニバーシティ・カレッジで英語英文学の教授であったウィリアム・ペイトン・ケア教授のことである。「Ker の講義を聞く面白かりし」と、11月21日の日記に書いていながら、結局4、5回出席しただけであった。経済的理由からか、それとも聴講する時間がもったいないと考えたのか、あるいは、若い学生たちと接するわずらわしさがいやだったのか、推測の域を出ない。だが、若干の手がかりは次の書簡で得られる。

宿は夫で一段落が付た。夫から学校の方を話さう。University College へ行つて、英文学の講義を聞たが、第一時の配合が悪い。無暗に待たせられる恐がある。講義其物は多少面白い節もあるが、日本の大学の講義とさして変つた事もない。汽車へ乗つて時間を損して聴に行くよりも、其費用で本を買つて読む方が早道だといふ気になる。尤も普通の学生になつて交際もしたり、図書館へも這入たり、討論会へも傍聴に出たり、教師の家へも遊びに行たりしたら、少しは利益があらう。然し、高い月謝を払はねばならぬ。入らぬ会費を徴集されねばならぬ。其のみならずそんな事をして居れば、二年間は烟の様に立つて仕舞ふ。時間の浪費が恐いからして大学の方は傍聴生として二月許り出席して其後やめて仕舞た。

（『書簡集二』狩野、大塚、菅、山川宛　明治三十四年二月九日）

漱石は、初めてイギリスに行って、会話には苦労しなかったのであろうか。『日記及断片』には少しも書いていないが、以下の書簡で、少しばかりの愚痴をこぼしている。

倫敦の天気の悪〔い〕には閉口したよ。君等は大ぜい寄つて御全盛だね。僕は独りぼつちで淋いよ。学校の講義なんか余り下さらないよ。伯林大学はどうかね。英語も中々上手にはなれない。第一先方の言ふ事がはつきり分らないことがあるからな。金がないから倫敦の事情も頓と知れない。勉強もする積だがそうは手が廻らない。

（同書　ドイツの藤代禎輔宛絵はがき　明治三十三年十一月二十日）

二年居つても到底英語は目立つ程上達しないと思ふから、一年分の学費を頂戴して書物を買つて帰りたい。書物は欲いのが沢山あるけれど一寸目ぼしいのは三四十円以上だから手のつけ様がない。可成衣食を節倹して書物を買〔は〕ふと思ふ。金廻りのよき連中が贅沢をするのを見ると惜き心持がする。（中略）

会話は一口話より出来ない。「ロンドン」児の言語はわからない。閉口。

（同　明治三十三年十二月二十七日）

僕は英語研究の為め留学を命ぜられた様なものの、二年間居たつて到底話す事抔は満足には出来ないよ。第一先方の言ふ事が確と分らないからな。情ない有様さ。殊に当地の中流以下の言語はHの音を皆抜かして鼻にかかる様な実に曖昧ないやな語だ。此は御承知のcockneyで、教育ある人は使はない事になつて居るが、実に聴きにくい。仕方ないからいい加減な挨拶をして御茶を濁して居るがね。其実少々心細い。然し上等な教育ある人になると概して分り易い。芝居の役者の言語抔も頗る明晰。先づ一通りは分るので少しは安心だ。然し教育ある人でも無遠慮にベラベラ喋《原》舌り出すと大に狼狽するよ。日本の西洋人のいふ言が一通り位分つても此地では覚束ないものだよ。元来日本人は六づかしい書物を読んだり六づかしい語を知つ〔て〕居るが、口と耳は遙かに発達して居らん。此も一種の教育法かも知れぬが、内地雑居の今日、口と耳がはたらかないと実用に適しないのみならず、大に毛唐人に馬鹿にされるよ。堂々たる日本人が随分御出になるが会話がまづいから西洋人の方では学問も会話位しか発達して居ないとしか考へない。つまらぬ様だが、日本でも手紙の字がまづいと其人を悪く想像するといふ様な訳だから仕方がない。此を改良するのは大問題だ。到底僕抔には考へられない。恐く今の日本の有様では何人も名案はあるまい。然し少しでも善き方に進ませるが教育者の任である。山川君抔は随分御研究被下たいと思ふ。

（『書簡集一』狩野、大塚、菅、山川宛　明治三十四年二月九日）

漸く二週間の後東京の小石川といふ様な処へ一先づ落付たとすると此家がいやな家でね――且つ頗る契約違背の所為があつたから今度は深川のはづれと云ふ様な所へ引越した。道程は四五里もあるだらう。

（同書同日）

この「契約違背」が、具体的にどのような事を言っているのか、よくは分からない。経済的理由であることは確かなようだが、あるいは昼食が下宿料に含まれていなかったせいか。それを推測させる記事が、以下のようにある。

今日ビスケットをかぢつて昼食の代りにした。

（『書簡集一』ドイツの藤代禎輔宛絵はがき　明治三十三年十一月二十日）

是れから自分はK君の部屋で、K君と二人で茶を飲むことにした。昼はよく近所の料理屋へ一所に出掛けた。勘定は必ずK君が払つて呉れた。K君は何でも築港の調査に来てゐるとか云つて、大分金を持つてゐた。

（『小品上』「永日小品」過去の匂ひ）

K君というのは、二番目の下宿で一緒だった長尾半平である。また、上記の「いやな家」という理由について、漱石は、『永日小品』の「下宿」、「過去の匂ひ」で詳述している。この中で、長尾も漱石が下宿を代えるのを勧めている。

ある時自分は、不愉快だから、此の家を出やうと思ふとK君に告げた。K君は賛成して、自分はかうして調査の為方々飛び歩いてゐる身体だから、構はないが、君抔は、もつとコンフオタブルな所へ落ち着いて勉強したら可からうと云ふ注意をした。其の時K君は地中海の向側へ渡るんだと云つて、しきりに旅装をととのへてゐた。

（同書）

＊第3回目の下宿
1900.12.24～1901.4.24
6 Flodden Road, Camberwell New Road, London
Mr. Brett 方

地下鉄 Northern Line の Oval 駅に近い。残念ながらこの家は建て替えられていて、漱石が実際に住んだ建物の写真は撮ることができなかったが、例えば、裏通りにある建物などは、漱石のいたころの建物に近いのではなかろうか。「深川のはづれ」のような所に移ったと2月9日付の手紙で

第３回目の下宿があった場所にある新しい建物

書いていたが、昨今の東京の急激な変化の中にあっては、かえって、このロンドンの下町を見ることによって、１００年前の深川が偲ばれることになるのではないか。

うちの下宿の飯は頗るまづい。此間迄は日本人が沢山居つたので少しはうまかつたが、近ごろは段々下等になつて来た。尤も一週25 Shil.では贅沢もいへまい。夫に家計が頗る不如意らしい。可愛想に。

（『日記及断片上』明治三十四年二月十五日）

僕は書物を買ふより外には此地に於て楽なしだ。僕の下宿抔と来たら風が通る。暖炉が少し破損して居る。憐れ憫然なものだね。かういふ所に辛防しないと本抔は一冊も買へないからなー

（『書簡集一』ドイツの藤代禎輔宛絵はがき　明治三十四年二月五日）

下宿といへば僕の下宿は随分まづい下宿だよ。三階でね、窓に隙があつて、戸から風が這入つて、顔を洗ふ台がペンキ塗の如何はしいので、夫に御玩弄箱の様な本箱と、横一尺竪二尺位な半まな机がある。夜抔は君、ストーブを焼《原》くとドラフトが起つて、戸や障子のスキからピユーピユー風が這入る。室を暖めて居るのだか、冷して居るのだか分らないね。夫から風の吹く日には烟突から「ストーブ」の烟を逆戻しに吹き下して、室内は引き窓なしの台所然として居る。何に元の書生時代を考へれば何の事はないと、瘠我慢はして居るが、色々な官員や会社の役人

や金持が来てね、くだらない金を使ふのを見るといやになるよ。日本へ帰れば、彼等のある者とは同等の生活が出来る。外国へ同じ官命で来て、留学生と彼等の間にはかかる差違が何故あるかと思ふと帰り度なるね。然しこんな愚痴は野暮の至りだから黙つて居るが、何しろ彼等の或物が日本の利益にも何にもならない処にいらぬ金を茶々風茶に使ふのは惜いよ。

下宿の有様は以上の如しだから是から下宿の家族に付て一言せざるべからざる訳となる。抑も此下宿たるや先頃迄は女学校たりしものが、突然下宿に変化したのである。是は女学生中に流行病が起る、生徒がなくなる、借金が出来る、不得已閉校して、下宿開業借金返済策と出掛た。故に此家の女主人公は固の女学校の校主にして、其妹たるや学校の音楽教師たりと云ふ訳さ。そして此姉が閉校後結婚して亭主も同宿して居る。其外に元の女学生が一人居る。こう云ふと大変上品の様に聞える。僕も其積りで移つたのであるが移つて段々話しをして見ると誰も話せる奴はない。書物抔は一向知らない。姉君の方は元はどこかの governess であつたとかで頻りに昔しの夜会や舞踏抔の話をする。又絵がかけると云ふのが御自慢である。大変な vanity の強い女で御相手をするのが厭だからフンフンと云つて向通りを眺めて居ると、張合がないと見えて自慢話しをやめる事がある。近頃は僕の人となりを知り、僕の如何なる人間たるやを少し会得したと見えて、余り法螺を吹て自慢しなくなつた。頗る謹慎して殊勝である。夏目の徳御天馬に及ぶと云ふ位のものだ。

（同書　狩野、大塚、菅、山川宛　明治三十四年二月九日）

おれの下宿は気に喰はない所もあるが、先々辛防して居るよ。妻君の妹が洗濯や室の掃除抔の世話をする。中々行届いたものだ。シヤツや股引の破けたの抔は、何にも云はんでもちやんと直つて居る。御前も少々気をつけるが善い。（中略）
おれの下宿には○○と云ふサミユエル商会へ出る人が居る。此人はノンキな男で、地獄の話より外は何にも知らない人だ。此人と時々芝居を見に行く。是は一は修業の為だから敢て贅沢ではない。日本の人は地獄に金を使ふ人が中々ある。惜い事だ。おれは謹直方正だ。安心するが善い。

（同書　妻宛　明治三十五年二月二十日）

○○というのは、田中孝太郎《たなかこうたろう》のことで、漱石より5歳ほど年少であった。「サミユエル商会」というのは、今日でいう貿易商社で、当時田中の父親が日本の支店の総支配人だった関係で、孝太郎がロンドン駐在を命じられたのであろう。

＊第4回目の下宿
1901.4.25〜7.19
5 Stella Road（現在の11), Tooting Graverey, London
Mr. Brett 方（3回目の下宿と同じ）

第４回目の下宿

3回目の下宿と同じ地下鉄 Northern Line の Tooting Broadway 駅に近い。国鉄の Tooting 駅にも近いが、この駅は随分小さい駅で周りに何もなかった。Stella Road で何枚も写真を撮り、いざ帰ろうとしたところ、車の中にいた人が「何してんだい」と声を掛けてきた。誰もいないと思っていたのに、不意に声を掛けられて驚いてしまった。下町と言っても怖い感じは全くない。

4回目の下宿の大家は、3回目の下宿のそれと同じである。その間の事情は、『倫敦消息』に詳しい。大家自身が、家賃を滞らせて、前の家を追い立てられ、下宿人の漱石も一緒についてきたということになる。

かうなると家を畳むより仕方がない。そこで是から南の方にあたる倫敦の町外れ――町外れと云つても倫敦は広い、どこ迄広がるか分からない――其町外れだから余程辺鄙な処だ。其処に恰好な小奇麗な新宅があるので、そこへ引越さうといふ相談だ。或日亭主と神さんが出て行つて我輩と妹が差し向ひで食事をして居ると陰気な声で「あなたも一所に引越して下さいますか」といつた。此「下さいますか」が色気のある小説的の「下さいますか」ではない。色沢気抜きの世帯染た「下さいますか」である。我輩が此語を聞いたときは非常にいやな可愛想な気持ちがした。

（『初期の文章』「倫敦消息」）

向ふに雑な煉瓦造りの長屋が四五軒並んで居る。前には何にもない。砂利を掘つた大きな穴がある。東京の小石川辺の景色だ。長屋の端の一軒丈塞がつて居てあとはみんな貸家の札が張つてある。塞がつて居るのが大家さんの内で其隣が我輩の新下宿、彼等の所謂新パラダイスである。這入らない先から聞しに劣る殺風景な家だと思つたが、這入つて見ると猶々不風流だ。加之どの室にも荷物が抛り込んであつて丸で類焼後の立退場の様だ。只我輩の陣取るべき二階の一間丈が少しく方付てオラレブルになつて居る。以前の部屋よりも奇麗だ。装飾も先づ我慢出来る。

（同書）

門前を通る車は一台もない。往来の人声もしない。頗る寂寥たるものだ。

（同書）

午後 Tooting に移る。聞しに劣るいやな処で、いやな家なり。永く居る気にならず。

（『日記及断片上』明治三十四年四月二十五日）

朝 Tooting Station 付近を散歩す　つまらぬ処なり。

（同書　明治三十四年四月二十六日）

Balham に行く、又移り度なつた　兎に角池田君の来てからの事だ。
（同書　明治三十四年四月二十七日）

池田氏を待つ来らず。Balham に至る。（中略）
薔薇二輪　6 pence　百合三輪　9 pence を買ふ。素敵に高いことなり。
（同書　明治三十四年五月四日）

朝池田氏来る。午後散歩　神田、諸井、菊池三氏来訪。
（同書　明治三十四年五月五日）

この池田氏というのは、池田菊苗《いけだきくなえ》のことで、彼が物理・化学の研究のために、ドイツに渡ったのは、１８８９年であり、既に1年半の留学生活をドイツのライプチヒで送っていた。イギリスでは、Royal Institute（王立研究所）で研修を積むことになっていた。彼は、新進気鋭の理科学者であるとともに、哲学、歴史、文学、宗教などにも非常に造詣の深い人物であった。池田菊苗が来た翌日、漱石と池田は、連れ立って、Royal Institute を訪れ、その夜は12時過ぎまで、様々な事を話し合っている（『日記及断片上』）。

後年、池田は「味の素」を発明する。

二週間許前に又宿替をした。此度は日本橋を去る四里許り西南の方だ。矢張り下宿の主人や神さんはもとの奴だ。実は変りたいのだが妙な縁故で出にくい様な訳になつて居る。

（『書簡集一』妻宛　明治三十四年五月八日）

目下は池田菊苗氏と同宿だ。同氏は頗る博学な色々の事に興味を有して居る人だ。且つ頗る見識のある立派な品性を有して居る人物だ。然し始終話し許りして勉強をしないからいけない。近い内に同氏は宿を替る。僕も替る。

（同書　ドイツの藤代禎輔宛絵はがき　明治三十四年六月十九日）

つい此間池田菊苗氏（化学者）が帰国した。同氏とは暫く倫敦で同居して居つた。色々話をしたが、頗る立派な学者だ。化学者として同氏の造詣は僕には分らないが、大なる頭の学者であるといふ事は慥かである。同氏は僕の友人の中で尊敬すべき人の一人と思ふ。君の事をよく話して置たから暇があつたら是非訪問して話しをし給へ。君の専門上其他に大に利益がある事と信ずる。

（同書　寺田寅彦宛　明治三十四年九月十二日）

＊第5回目の下宿

1901.7.20〜1902.12.4.
81 The Chase, Clapham Common, London
Miss Leale 方

地下鉄の線は、過去2回の下宿先と同じNorthern Lineで、最寄り駅はもう少し中心部に近いClapham Commonである。漱石は、今度の下宿を探すにあたって、今までのような受け身の姿勢から、自分で希望の条件を出して、新聞広告で探すという積極的手段を採った。その条件というのは、まず第一に文学趣味を有すること、第二に、イングランド人家庭に限ること、そして、閑静にして便利なところというものであった。ミス・リール方に赴いた漱石は、愛想の良い、五十恰好の彼女にすぐにOKの返事をし、それから帰国までの1年4か月余りをここで暮らすことになる。
同宿の日本人として、後年渡辺銀行を創立する渡辺和太郎がいた。ある時などは、土井晩翠《どいばんすい》や、パリに留学していた画家の浅井忠《あさいちゅう》、国文学者の芳賀矢一《はがやいち》などがこの下宿を訪れている。

Baker & Co.（Castle Court, Cornhill）に至り、宿捜索の広告を頼む。
（『日記及断片上』明治三十四年七月九日）

終日下宿を尋ねてうろつく。北の方Leighton Crescentより西の方Brondesburyに至る。昼飯を喰ひ損ひ、足を棒の様にして、毫も気に入る処を見出さず。閉口。家に帰れば余りつかれ

第５回目の下宿

て寝られず。

（同書　明治三十四年七月十五日）

Clapham Common の The Chase に至り、Miss Leale に面会す。同人方に引越す事に決す。夫より革嚢屋に至り、革嚢二、帽子入一個を買ふ。£4.4 なり。

（同書　明治三十四年七月十六日）

午前 Miss Leale 方に引越す。大騒動なり。四時頃書籍大革鞄来る。箱大にして門に入らず。門前にて書籍を出す。夫を三階へ上る。非常な手数なり。暑気堪難し。発汗一斗許り。室内乱雑膝を容るる能はず。

（同書　明治三十四年七月二十日）

只今は倫敦の西南に住居致居候。御婆さん二人と退職の陸軍大佐と同居で頗る老巧的生活に候。此御婆さんは中々学者で仏蘭西語なんかをベラベラ嘵舌り、「シエクスピヤー」抔を引きずり出し候。大変な難有屋にて、地下鉄道の御蔭でセントポールの土台へヒビが入るとかで大不平に候。

（『書簡集一』寺田寅彦宛　明治三十四年九月十二日）

昨宵は夜中枕の上で、ばちばち云ふ響を聞いた。是は近所にクラパム・ジヤンクシヨンと云ふ大停車場がある御蔭である。此のジヤンクシヨンには一日のうちに、汽車が千いくつか集つてくる。それを細かに割附けて見ると、一分に一と列車位宛出入りをする訳になる。その各列車が霧の深い時には、何かの仕掛で、停車場間際へ来ると、爆竹の様な音を立てて相図をする。信号の灯光は青でも赤でも全く役に立たない程暗くなるからである。

寝台を這ひ下りて、北窓の日蔽《ブラインド》を捲き上げて外面を見卸すと、外面は一面に茫としてゐる。下は芝生の底から、三方煉瓦の塀に囲はれた一間余の高さに至る迄、何も見えない。ただ空しいものが一杯詰つてゐる。さうして、それが寂として凍つてゐる。(中略)

バタシーを通り越して、手探りをしない許りに向ふの岡へ足を向けたが、岡の上は仕舞屋許りである。同じ様な横町が幾筋も並行して、青天の下でも紛れ易い。自分は向つて左の二つ目を曲つた様な気がした。夫から二町程真直に歩いた様な心持がした。夫から先は丸で分らなくなつた。暗い中にたつた一人立つて首を傾けてゐた。右の方から靴の音が近寄つて来た。と思ふと、それが四五間手前迄来て留まつた。夫から段々遠退いて行く。仕舞には、全く聞えなくなつた。あとは寂としてゐる。自分は又暗い中にたつた一人立つて考へた。どうしたら下宿へ帰れるかしらん。

(『小品上』「永日小品」霧)

神経衰弱の事が日記に初めて書かれるのは、1901(明治34)年7月1日である。以下、書簡などにもそのことについては、散見するようになる。

近頃非常に不愉快なり。くだらぬ事が気にかかる。神経病かと怪まる、然一方では非常にづーづー敷処がある、妙だ。
洒々落々光風霽月とは中々ゆかん。駄目駄目。

（『日記及断片上』明治三十四年七月一日）

この1年2か月後の手紙にも、神経衰弱と自ら言う。

近頃は神経衰弱にて気分勝れず。甚だ困り居候。然し大したる事は無之候へば、御安神可被下候。（中略）
近来何となく気分鬱陶敷、書見も碌々出来ず、心外に候。生を天地の間に亨けて此一生をなす事もなく送り候様の脳になりはせぬかと、自ら疑懼致居候。然しわが事は案じるに及ばず。御身及び二女を大切に御加養可被成候。

（『書簡集一』妻宛　明治三十五年九月十二日）

神経衰弱を紛らすため、上記の書簡を出した頃、漱石は人に勧められて、自転車を習い始めた。その顛末《てんまつ》は、『自転車日記』に結実する。

西暦一千九百二年秋忘月忘日白旗を寝室の窓に翻へして下宿の婆さんに降を乞ふや否や、婆さんは二十貫目の体軀を三階の天辺迄運び上げにかかる、運び上げるといふべきを上げにかかると申すな手間のかかるを形容せん為なり、階段を上ること無慮四十二級、途中にて休息する事前後二回、時を費す事三分五セコンドの後此偉大なる婆さんの得意なるべき顔面が苦し気に戸口にヌツと出現する、あたり近所は狭苦しき許り也、此会見の栄を肩身狭くも雙肩に荷へる余に向つて婆さんは媾和條件の第一款として命令的に左の如く申し渡した、

自転車に御乗んなさい

（『初期の文章』「自転車日記」冒頭部）

漱石の監督兼教師の任に当たったのは、小笠原忠幹《おがさわらただよし》の御伝役として渡英していた犬塚武夫《いぬづかたけお》である。彼は小宮豊隆《こみやとよたか》の従兄弟にあたり、当時漱石と下宿を同じくしていた。

＊スコットランド旅行
１９０２年10月初旬
Pitlochry, Perthshire, Scotland
Mr. John Henry Dixon

後2か月で帰国というときになって、漱石は、イギリスに来て初めてとも言うべき旅行に出た。3回目の下宿の同居人田中孝太郎が、シェイクスピアの生地であるストラットフォード・アポン・エイボンに行った時も、同行しなかった漱石にとって、旅行らしい旅行はこれが最初のことであった。これも、漱石自ら計画したものではなく、一人の貿易商の勧めによったものであった。彼は、ピットロッホリーの自分の庭を、日本人の庭師を呼んで造らせたほどの親日家であった。

ピットロッホリーは、現在では、スコットランド有数の保養地としてにぎわっている。ロンドンの景色の中で疲れた漱石にとって、この山間の日本のどこにでもあるような景色は、心和ませるものであったに違いない。

日記はすでに、昨年（1901年）の11月で中断されたままになっている。

目下病気をかこつけに致し、過去の事抔一切忘れ気楽にのんきに致居候。小生は十一月七日の船にて帰国の筈故、宿の主人は二三週間とまれと親切に申し呉候へども、左様にも参ら《原》兼候。当もなきにべんべんのらくらして居るは、甚だ愚の至なれば、先よい加減に切りあげて帰るべくと存候。いづれ帰倫の上は、一寸御目にかかり可申と存候。

（『書簡集一』在倫敦の岡倉由三郎宛　明治三十五年十月〔岡倉由三郎より藤代禎輔への手紙中の引用　うつし〕）

ピトロクリの谷は秋の真下にある。十月の日が、眼に入る野と林を暖かい色に染めた中に、人は寝たり起きたりしてゐる。十月の日は静かな谷の空気を空の半途で包んで、ぢかには地にも落ちて来ぬ。と云つて、山向へ逃げても行かぬ。風のない村の上に、いつでも落附いて、凝と動かずに靄んでゐる。其の間に野と林の色が次第に変つて来る。酸いものがいつの間にか甘くなる様に、谷全体に時代が附く。ピトロクリの谷は、此の時百年の昔し、二百年の昔にかへつて、安々と寂びて仕舞ふ。人は世に熟れた顔を揃へて、山の背を渡る雲を見る。其の雲は或時は白くなり、或時は灰色になる。折々は薄い底から山の地を透かせて見せる。いつ見ても古い雲の心地がする。

自分の家は此の雲と此の谷を眺めるに都合好く、小さな丘の上に立つてゐる。南から一面に家の壁へ日があたる。幾年十月の日が射したものか、何処も彼処も鼠色に枯れてゐる西の端に、一本の薔薇が這ひかかつて、冷たい壁と、暖かい日の間に挟まつた花をいくつか着けた。

（『小品上』「永日小品」昔）

＊帰国
1903年1月20日
1906年11月『文学論』序文

漱石は、1903（明治36）年1月20日に英国留学から帰国する。同年は山脇学園が創立された年にあたる。3月3日、東京の本郷区駒込千駄木町57番地に転入（現在の文京区向丘2—20—7、千駄木駅徒歩約10分。現在は日本医科大学同窓会館。敷地内に記念碑あり）。同月末、籍を置いていた第五高等学校教授を辞任。同年4月、第一高等学校と東京帝国大学の講師になる（年俸は高校700円、大学800円）。当時の一高校長は、親友の狩野亨吉《かのうこうきち》であった。

帰国後、漱石は『文学論』の執筆に没頭する。しかし、その序文にイギリス留学のことをかなり辛辣な口調で書き記している。

倫敦に住み暮らしたる二年は尤も不愉快の二年なり。余は英国紳士の間にあつて狼群に伍する一匹のむく犬の如く、あはれなる生活を営みたり。倫敦の人口は五百万と聞く。五百万粒の油のなかに、一滴の水となつて辛うじて露命を繋げるは余が当時の状態なりといふ事を断言して憚らず。

帰朝後の三年有半も亦不愉快の三年有半なり。去れども余は日本の臣民なり。不愉快なるが故に日本を去るの理由を認め得ず。

学問的な著述の序文に個人的述懐を入れることについては次のように言っている。

著者の心情を容赦なく学術上の作物に冠して其序中に詳叙するは妥当を欠くに似たり。去れど此学術上の作物が、如何に不愉快のうちに胚胎し、如何に不愉快のうちに組織せられ、如何に不愉快のうちに講述せられて、最後に如何に不愉快のうちに出版せられたるかを思へば、他の学者の著作としても毫も重きをなすに足らざるにも関せず、余に取つては是程の仕事を成就したる丈にて多大の満足なり。読者にはそこばくの同情あらん。

帰国前後の状況を、更に次のように書いている。

英国人は余を目して神経衰弱と云へり。ある日本人は書を本国に致して余を狂気なりと云へる由。賢明なる人々の言ふ所には偽りなかるべし。ただ不敏にして、是等の人々に対して感謝の意を表する能はざるを遺憾とするのみ。

帰朝後の余も依然として神経衰弱にして兼狂人のよしなり。親戚のものすら、之を是認するに似たり。親戚のものすら、之を是認する以上は本人たる余の弁解を費やす余地なきを知る。ただ神経衰弱にして狂人なるが為め、「猫」を草し「漾虚集」を出し、又「鶉籠」を公けにするを得たりと思へば、余は此神経衰弱と狂気とに対して深く感謝の意を表するの至当なるを信ず。

さらに、この神経衰弱と狂気は命のある限り続くのではないか、続く以上は、これから先あまたの「猫」や「漾虚集」のような著作を出版したく希望する。だから、この神経衰弱と狂気が私を見捨てないよう祈念すると述べている。

この後、「希望」通り多くの作品が生み出されていくことになる。

（一九九一年八月三一日）

コラム　イートンにおける教師の役割

漱石がイギリスに留学したおよそ１００年後に、私は武蔵高等学校からイギリスの名門校、イートン・コレッジに１９９４年から１９９６年まで、日本語の教師として派遣された。１９９５年には、イギリスの王室からプリンス・ウィリアムが入学し、その騒ぎに巻き込まれながらも貴重な時を過ごすことになった。１９９０年からの2年間は田中勝先生が、その後の2年間は岸田生馬先生がその任に当たっていた。私は、3代目として2年間を送り、その後は、中尾泰介先生がその任に当たった。

イートン校での経験は、漱石の留学とは比較にならないが、１００年の隔たりを感じながら、読んでいただけるとありがたい。

イートン・コレッジの正式名称は、"The King's College of our Lady of Eton beside Windsor founded by King Henry VI in 1440"である。ヘンリー６世によって、１４４０年に設立されたというのは、この際周知のこととして（それは驚きには違いないが）、「ウインザー城のお膝下の」という文言について解説したい。ウインザー城の観光の後、たいていの観光客は、テムズ川にかかるウインザー・ブリッジを渡り、イートンの町にやってくる。瀟洒《しょうしゃ》な商店が連なるハイ・ストリートを10分ほど歩けば、そこはもうイートン・コレッジの中心である。だが、その言い方は不正確で、実は、イートンの町が、学校の中にあると言った方がいい。

瀟洒な商店も、その多くはイートンの持ち家で、イートンが貸している。ハイ・ストリートに面した家のいくつかには、教師が住んでもいる。田中勝さんは最初、そうした家に住んでいた。ハイ・ストリートにある、テディ・ベアの可愛いお店の裏手に、岸田さんは住んでいた。中心から少し離れた一角の、私が住んでいたWillowbrookの地区には、約30の一戸建てが広大な庭を抱えて立ち並んでいるが、それらには、すべてイートンの教職員が住んでいた。イートンの教師は、まさにイートンの町の中、いや、イートン・コレッジの中に住んでいるのである。そして、その敷地たるや、町と呼ぶにふさわしいのである。中心から、隣町のEton WickやMaidenheadに向かって車を走らせても、5分や10分は、イートンの敷地の中を通過しているにすぎないのだから。

それは、次のことを意味している。つまり、イートンの教師は、言ってみれば、会社の中にある社宅に住んでいるということを。

日本の社会にあって、それは牢獄のような所でしかないだろう。町を歩けば、すぐに生徒や、他の先生の家族に出会う。生徒にとって、どの人が、あの先生の奥さんか、すぐに知られる。もちろん、教師の奥さんによって組織される“Society”もある。教師は、生徒が、寮にいる限り、全人的なつきあいを否応なく要求されるのだ。イギリス人にとってそれは、牢獄のようにはならないのだが、その分析は、本稿が意図するものではない。少なくともここで確認しておきたいことは、イートンの教師と生徒との関係は、「イギリスにある、ボーディング・スクール（全寮制）」という関係の中にあるということである。

イートンは、3学期制を取っている。1学期は、9月から12月まで、これを“Michaelmas Half”と呼ぶ。その途中、10月の下旬頃に、“Long Leave”という10日間ほどの休みが入る。一般の学校では、それらは、それぞれ“Autumn Term”“Half Term”といい、概して、イートンの授業期間は一般の学校に比べて短い。2学期は、“Lent Half”といい、1月から3月下旬頃まで。イースターの日が、年によって動く（春分以後の満月の次の日曜日）ので、日本の春休みに当たる「イースター休暇」は、一定しない。春休み後の学期を、“Summer Half”と呼び、だいたい6月いっぱいで、1年が終わる。3学期にも、“Forth of June”という創立記念のお祭りを始まりの日として、10日間ほどの“Long Leave”がある。

2学期に当たる“Lent Half”の終わりに定期試験はなく、イートンの定期試験は、年2回である。それらは、“Trials”と呼ばれ、6日間行われる。学年にもよるが、だいたい午前中に2科目、午後に1科目の試験がある。教師からすれば、一年の中でも一番大きな学校行事となっており、ほとんどすべての教師が動員される。イートンでは、最高学年の生徒をBブロッカーと呼び、以下順にC、D、E、Fブロックの学年という。イギリスで、最も重要な試験をGCSEといい、イギリス国中のすべての生徒が、受ける。16歳で受けるのが基本だが、それより早くてもいいし、遅くてもいい。だいたい、イートンの生徒は、9から11科目ぐらいを受験する。イートンの学年で言えば、Dブロックの生徒に当たる。GCSEの成績は、例えば就職の時にも使われるぐらい大事である。

また、大学受験に必要な試験をAレベル試験と言うが、それは、Bブロックの生徒が受験する。

それも、もっと早く受験してもいい。それらの学年の生徒は、イートンの定期試験の代わりに、“Summer Half”の終わりの“Trials”で、そうしたGCSEやAレベル試験を、受験すればいいことになっている。

イートンのBブロックとCブロックの生徒が、日本の高校生に当たる。Aレベル試験は、基本的に3科目でいいので、B・C両ブロックの生徒は、その3科目の授業を選択する。もちろん、それ以外のオプション科目も、取っていいのだが。日本語に関して言えば、日本語でAレベル試験を受験しようとする生徒は、Dブロックの段階で勉強を始めることができる。

さて、以上のことを念頭に入れながら、イートンの教師の仕事ぶりについて書いてみたい。イートンの教師は、1コマ40分の授業を、だいたい週23〜24コマ受け持っている。イギリスの普通の学校は土曜日休みだが、イートンでは、午前中授業がある。25ある寮のハウスマスターは、激務だと思うが、それでも、週15コマぐらいの授業をこなしている。

午前の授業は、9時から1時15分までの5コマ、午後は、授業のある日とない日が交互にあり、ある時には、4時から1コマか、2コマがある。2時から4時までは、毎日運動の時間である。季節によって、メインスポーツの種目が変わるが、だいたい1学期はサッカーかラグビー、2学期はフィールド・ゲームというサッカーとラグビーを合わせたような、イートン特有の種目、そして、3学期はクリケットかボートである。もちろんそれ以外のスポーツも、だいたいすることができるし、そのための施設は、何んでもと言っていいくらい揃《そろ》っている。それらのスポーツのコーチなり、監督を普通の教師はすることになる。監督をするスポーツの種目によって、暇な学期と忙しい学期とがあることになる。懇意にしていただいた、生物のファシーさんは、サッカーの監督で、1学期はずいぶん忙しそうだったし、サッカーの生徒たちを連れて、夏休みに日本やモンテカルロなどに遠征旅行をしていた。日本語を教えているスタンフォード＝ハリス先生は、クリケットの監督で、3学期が忙しい。スタンフォード＝ハリス先生は、既述したGCSEやAレベル試験の採点者でもあるので、余計3学期は忙しそうだ。私は、2年間のフェローと言うことで、その仕事は免除されていた。午後のこの時間は、全く新しい科目、つまり外国人に日本語を教えるという仕事をしていた私にとって、実に貴重な予習の時間だったので、免除されたのはありがたかった。

夕方から、チュートリアルという時間がある。ボーディング・スクールならではのシステムで、1人の教師が、10人前後の生徒の面倒を見る。この時間は、週に1回か2回、夕方の6時から、教師の普段使っている部屋か、自宅で行われる。スタンフォード＝ハリス先生は、いつも日本語の授業で使っている教室に生徒を集めていた。隣家のコナーさんは、自宅に生徒を呼んでいた。下の学年のチューターは、任意に決まるが、BとCブロックのチューターは、だいたいAレベルに選んだ3科目のうちの一番主要な科目の先生になるようだ。

何をするかというと、それはそれぞれである。生徒同士の討論を主催することもあるし、関連するビデオを見せることもある。自分の専門の話をすることもあるし、下の学年の生徒には、自分が教えている科目がいかにおもしろいかを宣伝することもある。本を読むこともあれば、生徒の進むべき道について相談を受けることもある。要するに、その先生個人が、全人的に生徒とつきあう場となっているといえよう。

生徒全員が寮生活であるので、夕方の時間まで有効に使うことができるということ、生徒の人数に比べて比較的専任教師の数が多いこと等がこうした制度を支えていよう。しかしそれ以上に、早くから寮生活を強いられるイギリスの教育制度の中で、パブリック・スクール自身が求められる制度とも言い得よう。イートンのような名門に入学するには、やはりそれに見合うプレップ・スクール（プレパラトリー・スクール）に通う必要がある。そうしたプレップ・スクールも多くはボーディング・スクールなので、私が教えた生徒の中にも、8歳から寮生活をしていた生徒がいた。その生徒は、オックスフォード大学の医学部に入ったので、イートンを卒業しても、更に6年の寮生活をすることになる。こうした思春期の生徒を預かるパブリック・スクールは、好むと好まざるとに拘わらず、必然的に生徒の日常生活にまでコミットすることが求められるのである。

イートンの生徒は、端から見るととてもおおらかに、自由に学校生活を謳歌《おうか》しているように見える。しかし、実に多くの規則によって縛られてもいるのである。午後の授業がない曜日に、イートンの町を出る時には、私服に着替えていいのだが、それも、例えば襟付きのシャツでなければいけないとか、門限はもちろんあるし、週3回ほど行われる礼拝には必ず出席しなければならないとか、数え上げればきりがない。

そうやって、生徒たちは、大人としての自覚を身につけていくのだろう。退学せざるを得ない生徒ももちろんいるが。いずれにしても、イートンの教師は、チュートリアルで生徒との個人的なつきあいを深めていく。

武蔵で、高校1年生に設けられている家庭科は、今年18コースの多くを数えた。平均すれば1コース10人弱である。家庭科という束縛はあるものの、実に様々な内容が試みられている。教師や生徒の同意が得られれば、チュートリアルのような成果が得られるのではないかと、内心期待してもいる。

次に、イートンでの成績処理の方法について書いてみたい。

1年での最初の仕事は、1学期の中休みの前にある。"Interim report"といい、その学期の生徒の、その科目への取り組み方、適性、能力などについて言及し、続けて勉強した方がいいかの判断の指針となるようなことを書く。このレポートは、授業中生徒に手渡し、生徒は、それをチューターの先生に渡す。もし、不適切なようであれば、チューターは、生徒と相談し、続けるなり、他の科目にするなりの判断をし、それを保護者に連絡する。

1学期と3学期の後に行われる"Trials"の後は実に忙しい。試験が終われば、生徒はその翌日か翌々日には、各家庭に帰ってしまう。それまでに、各教科の先生は採点を終え、チューターに出す各個人のレポートを書かなければならない。

試験期間の最終日に行われる「生物」はさすがにマークシート方式だが、大抵は、書かせる問題である。イギリスで一番感心したことは、どの教科であれ、実にたくさん書かせるという事であった。書かせるのは、生徒が本当にその問題を理解しているか、自分のものとしているかを測る確実な方法と思う。曖昧なままの理解では、論旨がおかしくなるだろうし、理解が届かなければ書けないだろう。その論旨をたどることによって理解の程度や、どこに躓《つまず》いているかも分かる。しかし、それも、クラスサイズの問題に関わるのだが。

いずれにしても、どの教科の問題を見ても、実にたくさん書かせるのだ。これで採点が間に合うのだろうかと思わせるほどに。レポート提出2日前の「地理」の問題を見たことがある。「地理」といっても、イギリスの教科としての"Geography"は、日本の「政経」や「社会学」などの分野を含んでいる。Eブロックの生徒に対してのそれは、3つのパートに分かれていた。第1パートは全員が答えなければならず、第2と第3は、時間割によって、つまり先生による選択になっていた。試験時間は1時間半である。第1パートは、地図の見方の問題であったが、第2、第3パートは、書かせる問題であった。

試験官は、その時間が始まる前に、解答用紙をそれぞれの生徒の机の上に配っておく。大抵は、単なる横線の入っている白い紙にすぎない。生徒は、書けるだけその紙に書き、足りなくなると、人差し指を一本立てた右手を挙げて、監督官を呼んで、新たな解答用紙をもらうのである。書くことに関して他にひけを取らない猛者ぞろいなので、その量たるや、本当に2日後までに採点を終えて、レポートが書けるのだろうかと心配になるほどであった。大きな部屋で、たまたま一緒に試験監督をしていた「地理」の先生に、これは何人で採点し、本当に2日後にレポートが書けるのかと聞いたところ、大丈夫だという。さすがに、翌日の監督には、その解答用紙をもってきて、その時間中ずっと、一生懸命採点をしていた。

そうして書かれたレポートは、まずチューターの所に集まる。チューターは、自分が受け持っている生徒のすべてのレポートを束ね、更に自分のコメントをつけ加える。チューターは、従って、自分の教科の仕事の他に、こうした仕事もすることになる。

そうして書かれたレポートは、最終的にハウス・マスターの所にいく。ハウス・マスターは、自分の寮に住む50人ほどの全ての生徒のレポートに目を通し、ハウス・マスターとしてのコメントを書くのである。これらの膨大な作業が、数日のうちになされるかと思うと、驚嘆に値する。しかしそれさえ済めば、生徒はイートンから一切いなくなるのである。生徒が帰った直後、スクール・オフィスの前で出会う私服の先生方の、晴れ晴れとした顔が印象的であった。

長い休みの時は、基本的に教師はフリーである。私が住んでいたWillowbrookの一画は、教職員ばかりが住んでいたので、長い休みの間は、実に物騒であった。とにかくみんな海外や、田舎に行ってしまうのだから。そうやって英気を養っているのだろう。

この報告を書くに当たって、最初にイートンをとりまく状況を書いた理由をお察し願えただろうか。範とすべきこと、参考とすべきこと、良いと分かっていながら、制度の違いによって、導入できないこと、あまりに伝統に縛られ、自由の利かないこと等、たくさんのことがある。それらを適切に判断しながら、日本の教育のためになるような提言をしていきたい。

（1997.6.1）

2

古典と夢

（1）『日本書紀』における「夢」

『続日本紀』養老四（七二〇）年五月癸酉（二十一日）条の、「先是一品舎人親王奉勅修日本紀、至是功成、奏上紀三十巻系図一巻」とある完成奏上の記事によって、その成立が明らかな『日本書紀』は、もちろん一個の文学作品としてみるべきものではなく、当時の正史として書かれたものであった。舎人親王を編集の長とし、完成後まもなく平安時代後期まで七回にわたって講書の会が開かれている。

上代の作品には、和銅五（七一二）年に完成をみた『古事記』、和銅六（七一三）年にその撰進の詔が出た『風土記』、天平宝字三（七五九）年正月の歌を年次の分かる最後の歌として載せる『万葉集』などがあるが、これまで文学作品としてはあまり取り上げられてこなかった『日本書紀』の特徴について、「夢」をそれを明らかにする視点として取り上げて論じてみたい。

上代では、夢は必ず「いめ」という形であらわれ、「ゆめ」という形はなかった。語源はやはり「寝＋目」であったろう。

『日本書紀』には、およそ一〇か所に「夢」の記載がある。

『夢』は個人の心的な体験である。現在はあまりに個人的な面が強調され過ぎているといってもいい。曰く、幼児期の体験の再現である、果たされない願望の実現である、あるいは、潜在意識の発現だ、というように。しかし、「夢」がいつでもそうした観点からみられていたとは限らない。なぜなら、「夢」は個人的体験であると同時に、きわめて文化的、社会的な事柄であるからだ。特に、まだ人々の共同体的な助け合いが必要とされる時代、地域にあっては、「夢」は夢見た一人だけの人間を縛るだけでなく、生活を共にする共同体の成員全体にも影響を与えていた。「夢」が公的な意味を持つ背景には、そうした「夢」の時代性があるのである。

『日本書紀』に記載されたおよそ一〇の「夢」では、公的と思われる意味を持つものが大半を占めている。それは、考えてみれば当然といえるだろう。なぜなら、最初に書いておいたように『日本書紀』は、我が国の最初の正史として編纂《へんさん》されたのであるから。一つ一つの記事が、多かれ少なかれ日本という共同体の成立に関わっている。それが、例えば、白い蛾《が》をみつけて朝廷に奉ったという些細《ささい》な記事であってもだ。[1]しかも、『日本書紀』が書かれた時代にあっては、まだまだ「夢」の共同体的な面が失われていなかったに違いない。それをもう少し詳しく見ていくことにする。

皇位継承をめぐる「夢」は、これ以上ないというほど公的な性格を有していよう。それは、二つある。まず一つは、巻第五「崇神紀」四十八年春正月条に載る豊城命《とよきのみこと》と活目尊《いくめのみこと》との、いわゆる「夢合わせ」の話であり、二つ目は、「欽明紀」冒頭部の記事である。

「崇神紀」の記事は、次のようである。

①崇神天皇は、それぞれ母の違う二人の子、豊城命、活目尊にどちらを皇太子としていいか分か

らないから、それぞれ夢を見てほしい、その夢で皇位継承を占いたいと言う。二人の皇子は、川で水浴びをし、髪を洗って、お祈りをして寝た。その夜の夢に、兄の豊城命は、「みずから御諸山に登って東の方に向かって、八回槍を突き出し、八回刀を空に振る夢を見ました」と言った。弟の活目尊は、「みずから御諸山に登って縄を四方に引き渡し、粟《あわ》を食べる雀《すずめ》を追い払う夢を見ました」と奏上した。そこで天皇は夢合わせをおこなって、二人の皇子に向かって、「兄は東方にだけ向かっていたので、まさに東国を治めるのに適している。弟はあまねく四方に臨んでいたので、私の位を嗣ぐがよい」といって、活目尊を皇太子に定めた。

斎戒沐浴《もくよく》をして、まさに夢を見るために眠って得られた夢の有効性は、疑うべからざるものであった。そして崇神天皇自身による夢解きは、誰がみても疑いようのない明白なものであった。だが、夢というのは本当に万人が見て、その誰もが納得することを必要としたのであろうか。それは、例えば、『日本書紀』に記載されている次の歌謡の解釈にも通ずるものがある。

岩の上《へ》に　小猿米焼く
米だにも　食《た》げて通らせ　山羊《かましし》の老翁《をぢ》(2)

蘇我入鹿《そがのいるか》が、聖徳太子の死後、その子の山背大兄王《やましろのおおえのおう》を排して古人大兄皇子《ふるひとのおおえのおうじ》を天皇に据えようとして、斑鳩宮《いかるがのみや》の山背大兄王を襲わせた。大兄王は、戦って百姓を苦しめることに肯ぜず、山に逃げ、再び斑鳩宮に戻ってきたところを包囲され、妃・子共々自害した。そこで、人々は先の歌謡を次のように解釈したという。「岩の上に」というのは上宮、「小猿」は入鹿、「米焼く」というのは、上宮を焼くことにたとえたものだ。「米だにも　食げて通らせ　山羊の老翁」というのは、大兄王の髪が白髪まじりでぼさぼさして、カモシカのようなのにたとえたもので、またその宮を捨てて深い山にお隠れになることを表したものだ。

果たしてこの解釈が、全く正しいと言い切れるだろうか。この当時、人々の耳目を大いに驚かせた事件の渦中にあっては、こうした解釈が、あるいは疑いなく信じられたこともあったであろう。しかし、虚心にこの歌謡を見れば、本来多様な解釈を許す歌謡を、かなり恣意的に利用したというのが本当のところではないのか。解釈は、その本文が曖昧であればあるだけ、利用されることが多く、また、様々な場面で解釈を変えて使われたのではないか。本来、歌謡とか夢は曖昧であることが、一つの特徴であろう。

そうした意味では、「崇神紀」の二人の皇子の見た夢は余りに明白すぎるということができる。皇位継承をめぐっての夢の解釈である以上、逆に言えば、夢が本来持っている曖昧性を払拭しなければならなかった。だからこそ、夢を見るにあたって、二人の皇子は、斎戒沐浴をしなければならなかったし、天皇みずからが夢占いをしたのである。夢はそれだけで、権威のあるものとしてはみられていなかったことを、それらは表している。

ただ、それがひとたび権威あるものとして考えられてしまうと、固定化してしまう。それは、元来、権威付けのための文飾の非常に多い天皇紀の冒頭部にも、この夢で皇位が決まったということが書かれているからだ。垂仁《すいにん》天皇（先の活目尊）の人となりを語る記事の中で、様々の優れた特徴をあげたあと、「二十四歳にして、夢の祥に因りて、立ちて皇太子と為りたまふ」[3]と、書かれているのが、それである。

それでは、もう一つの皇位をめぐる夢の話はどうであろうか。
②欽明《きんめい》天皇がまだ幼かったおり、夢に「秦大津父《はたのおおつち》という者を寵愛になると、成人されてから、きっと天下を治めることができましょう」という忠告を聞いた。そこで、使者を派遣してくまなく探させたところ、山背国の紀郡の深草里にその人を見つけた。その人に、何か心当たりはないかとお聞きになったところ、彼は、「伊勢からの帰り、山で二頭の狼が食い合っていましたので、馬から降り、手を洗い、口をすすいで、『あなた方は尊い神で、荒々しい行いを好まれますが、もし狩人に出会ったら、たちまち捕らえられてしまうでしょう』と祈念し、食い合うのを押し止め、血まみれの皮を洗ってから放して命を助けてやりました」とお答えした。天皇は、大津父をおそばに侍らせて、皇位を継いでからは大蔵省にお任じになった。[4]
読者はこの話を一読して、少し複雑な印象を持つのではないだろうか。どこにその原因があるのだろう。

欽明天皇が見た夢というのは、秦大津父を探せというものであった。探し出した後、天皇は大津父に「汝《なんじ》、何事か有りし」と問う。天皇に尋ねられた大津父は、山で出会った不思議な出来事を物語るのである。「夢」の内容が大変分かりやすく、それに対して、大津父の物語った内容が不思議というのは、実は逆ではないのか。

狼は古くから霊力のある動物として崇められており、例えば、信州では、山の神とされ、秩父の三峯《みつみね》神社や遠州の山住《やまずみ》大権現では、大口真神《おおくちまかみ》としてまつり、その姿を描いたお札を貼って、盗難除けとか疫病除けのお守りとしている。あるいはまた、人語を解し、人の性の善悪を見分け、悪人を害し善人を守ると信じられてもいた。狩人によって広く信仰され、獲物が得られた後は、オオイヌサマにその獲物の分け前を必ず置いてきたという。

　ここで語られている不思議な物語そのものが、実は「夢」の内容ではなかったか。人々に尊崇されている狼が、食い合うというのは、凶兆であるに違いない。それを、「夢」の内容とせず、単に一人の人物を指摘するだけにし、おそらく凶兆であろう「夢」を、その人物が天皇に仕えるに至った一つの出来事として語るというふうに変えてしまったのではないか。だからこそ、印象としてすっきりした感じを与えないのである。

　継体《けいたい》天皇の死後、二人の天皇が並立したらしい。そうした考えが起こるのは、『日本書紀』の紀年が、いくつかの点で矛盾しているからである。

　まず継体天皇の崩御の年が、『日本書紀』では、『百済本記』をもとに辛亥《かのとい》の年とし、次の安閑《あんかん》天皇の即位を甲寅《きのえとら》として、その間二年の空白があること。第二に、『百済本記』の記事は、辛亥の年に日本の天皇と皇太子がともに死んだという不思議さを持ち、そこに何らかの事件があったのではないかと想像させること。第三に、仏教伝来の紀年にいくつかの資料の間で齟齬《そご》があること。

　こうした食い違いを合理的に理解しようとして、様々な試みが行われてきた。共通理解としてあげられることは、欽明天皇の即位と、安閑天皇の即位とが同時に行われ、安閑の死後、後を継いだ宣化《せんか》天皇も死に、そこで初めて欽明天皇に一本化されたという意見である。いわば、「二頭の狼が食い合う」というものではなかったか。
②の記事に表れた「夢」は、①のそれと異なり、一見皇位継承などとは無縁の穏やかな記事のようであった。しかし、それはどうも、表面上の穏やかさにすぎなかったのではないか。安閑・宣化・欽明の三王朝は、内乱状態にあったのではないかと考えられる。それを示したのが、秦大津父の物語、実は「夢」による表現であっただろう。
それでは、なぜここに秦大津父が登場してこなければならなかったのか。欽明天皇治世の頃は、対外的に最も緊迫した時代であった。そうした中、『日本書紀』欽明紀元年八月条に、次のような記事がある。「秦人、漢人等、隣の国から帰化してきた人々を招集して、各地の国郡に住まわせて戸籍に登録した。秦人の戸数は総計七千五十三戸で、大蔵掾を秦伴造とした。」

この大蔵掾が先の大蔵省となった秦大津父と同一人物か確証はない。しかし、この大蔵省、大蔵掾という呼び名は、いずれもこの時代には存在しないものである。いずれも後からの命名とすれば、同時に考案された可能性が大きい。それは、この二人の関係を物語るとともに、②の物語が、後世に潤色されたことをも示していよう。それは、必然的に「夢」の内容をも疑わせるものがあるということだ。

「夢」はいずれにしても、内的な体験である。内的体験を人に伝えるためには、まず語られなければならず、次にそれは書かれなければならない。「夢」を言語化するのは、可能なのであろうか。「夢」は確かに心像性、形象性を持っている。だがそれは、日常の言語で表現し得るものなのであろうか。「夢を見る」というように、それは言語で表現するよりも、映像や絵画として示した方が、より分かりやすいかもしれない。それらにしても、実際に夢見られた内容を、正確に伝えるというのは、困難なことであるに違いない。

一個の「夢」がそうであるなら、ましてや文学作品、あるいは今取り上げている歴史書でも、「夢」が語られる「場」によって、それが大きく変更を被ることが予想される。先に分析した②の場合がそのいい例であるだろう。

ところで、「夢」は本当に記述することができるか、という問いに悩んだのは、フランスの詩人・思想家ヴァレリーであった。「夢」はすべて過去形で語られる。目覚めたあとでしか、その内容を想起できないからだ。そこに、「夢」に対する解釈の恣意性が生まれる素地がある。ただ、その恣意性も時代の刻印は押される。作品に書かれる「夢」は、そうした意味で、時代の申し子ということができよう。

『日本書紀』の時代を考える上で、取り上げなければならないもうひとつの「夢」がある。それは、いわゆる人柱伝説に関わるそれである。

③仁徳《にんとく》天皇の命により、難波の堀江を造ったあと、茨田堤《まむたのつつみ》を築いた。築いてもすぐに壊れてしまうところが、二カ所あった。その時、天皇が夢を見、その夢に神が現れて、「武蔵の国の強頸《こわくび》と河内の国の茨田連衫《まむたのむらじころもの》子《こ》の二人を河伯に捧げれば、必ず塞ぐことができる」と言った。さっそく二人を探し出して、河の神に捧げた、強頸は、泣き悲しみながらも水に没して死んだ。だが、衫子は二つの匏《ひさご》を手に持ち、誓いをして、つぎのように叫んだ。「私を犠牲としてお求めになりましたが、もし、私を本当に得たいとお思いなら、この匏を沈めてごらんなさい。そうすれば、本当の神だと

いうことがわかり、私はみずから水に入りましょう。しかし、匏を沈めることができなければ、偽りの神ということですから、どうしていたずらにわが身を滅ぼすことができましょう」

その時、急につむじ風が起こり、その匏を引っ張って沈めようとした。匏は風の吹くままに漂って、遠くに流れて行った。衫子は死ななかったけれども、その堤もまた完成した。才知によって、その身を滅ぼさなかったのである。その二カ所を名付けて、強頸の断間《たえま》、衫子の断間といった[5]。

ここには、天皇の命にも、素直には従わない合理的精神の持ち主が登場している。天皇みずからの夢に、神が示現し、お告げをしたにもかかわらず、衫子はあえて「誓ひ《うけ》」をして、神の確認を求めるのである。

全国に広く拡布する人柱伝説の、最も早い例がこれである。橋や堤防などの建設にあたって、六部や巡礼、また女性が神に供えることを目的として、犠牲になる話である。いちばん有名なのは、兵庫県垂水の長柄の橋の人柱伝説である。人柱をたてようと勧める者、あるいは逆にその人柱になるのが六部や女性であるところに、この伝説を携えて広めたのが、そうした巡遊者である事を推測させ、また、母子共にまつられる話が多いことからは、水の神の祭に関与する巫女が、そうした母子神信仰を語り歩いたとも考えられる。

人柱伝説においては、例えば、袴《はかま》に縫いはぎのある者を立てよ、と教える者があったが、自分の袴に縫いはぎがあったので、教えた本人が人柱に立てられてしまった。その娘がそれを悲しみ、「もの言はじ父は長柄の人柱雉も鳴かずば打たれざらまし」と歌った、という話にあるように、夢によるお告げはそれほど多くはないのだが、大抵の場合、その決定には従っている。③の話のように、人柱伝説の嚆矢を飾る話で、いきなりその決定に不服を申し立てるというのも、ずいぶんと面白い。

　衫子は、神を確認する手立てとして匏を使っているが、それもまた、意味深いと言えよう。匏ですぐに思い浮かぶのは、昔話「蛇婿入り《へびむこ》」で、末娘の才覚で、匏を池に沈めるように言われた蛇が、匏と悪戦苦闘しながら、匏に付いていた針の毒におかされて、ついには水に沈んでしまうという話である。蛇が水の神として考えられていたことからすれば、今話題にしている『日本書紀』の話とずいぶんとつながりがある。それだけにとどまらず、「仁徳紀」には、次のような匏に関する話も記載されている。吉備の中国の川島河の分岐点に大蛇がいて、通行人を害していた。笠臣の祖、県守が河の瀬に臨んで、三つの匏を水に投げ入れて、その匏を沈めるように言った。その時大蛇は、鹿に化けて、匏を引き入れようとしたが、沈まなかったので、県守は剣を振り上げ、水に入って蛇を切ってしまった。さらにたくさんの蛇がいたので、それらもすべて切ったので、川の水が血に変わってしまった。その河を名付けて、県守淵というのである。〔6〕

　大蛇は、原文に「大虬《みつち》」とあり、水の神であることを明かしている。匏は古来、中が中空であることによって、神霊の宿るものとされていた。神楽の採物《とりもの》の一つであり、河童の防除などにも使われている。昔話の「腰折れ雀」では、匏から白米が尽きることなく出てくる。民俗学者の谷川健一氏は、前方後円墳は上から見ての命名だが、上から見る術を持たなかった上代の人々は、横からの視点、つまり匏を半分に切って伏せた形として捉えていただろうと主張している。つまり、死者の霊魂が籠もる地として、古墳を捉えていたというのである。匏が、心霊の宿る形であるからだ。

昔話「蛇婿入り」でも、「仁徳紀」の話でも、匏によって、蛇もみつちも退治されてしまった。それでは、今問題にしている③の話は、いったいどうなのか。祟り神を退治したというよりは、荒ぶる神を鎮めたというべきであろう。それは、衫子が水に浮かべた匏を沈められなかった代わりに、「潝潝《とくすみやか》に汎《うきをど》りつつ遠く流る。是を以て、衫子、死なずと雖も、其の堤、亦成りぬ[7]」とあるからである。衫子は自らを犠牲に供することなく、壊れ易い堤を完成に導いたのである。神を鎮めたと考えたのは、そう解釈したことによる。

それにしても、衫子は天皇の夢のお告げを信じることなく、更に神をも誓いによって、試すということをしながら、生き延びることができ、しかも、他の人々からその才覚を褒められている。信仰に対する考えが、現在の我々が想像するよりは、稀薄であったとでもいうのであろうか。

①の例でもそうであったが、たとえ天皇が夢解きをしたとしても、それだけでは、「夢」は万人を納得させられるだけの権威をもはや有していなかったのではないか。①では、誰がみても異論をはさむ余地がないように、「夢」そのものが単純化され、②の例では、「夢」の内容そのものが、夢で予知された人物が物語る話に改変されていた。また、③の話では、天皇による「夢見」・「夢解き」が行われていながら、人柱に選ばれた人物が、みずから「誓《うけ》ひ」をなして真意を問うている。これらのいわば公的な夢にあっては、いずれも「夢」に全幅の信頼を置いてはいない。それは『日本書紀』という書物の持つ限界を表しているのであろうか。それとも、この時代の共通観念を表現しているのか。三つの例だけでは、結論をくだすことは難しいが、少なくとも、公的な夢という枠組みがこれらの「夢」の性格を規定していそうだということは言えそうに思う。

『日本書紀』に記載されている、もっとも私的な夢である菟餓野《とがの》の鹿の話は、これまで論じてきた例と対照的に、ある夢を嘘《うそ》と自覚しながらもひとたび占ってしまうと、その通りに実現してしまうというものであった。文学的に非常に完成された、哀切なこの話は、一つの到達点を表わしていよう。

内的・心的な体験である「夢」は、それがみられた時とはある時間差をもって表出される。個人の場合でもその時間差は、夢の解釈にかなり影響を及ぼすのであるが、それが、書物となって書かれてしまうと、その時間差はもっと多くのファクターによって、歪《ゆが》められてしまう。その歪められ方が、逆に当該作品の性格をあぶりだすことにもなるのではないだろうか。

上代における「夢」の時代性は、『日本書紀』に限らず、『万葉集』にも、その考察の範囲を広げなければならない。

（一九九二年）

（2）『狭衣物語』における「夢」

『狭衣物語』は、近年（執筆当時、二〇〇三年）の研究成果で、六条斎院《ろくじょうさいいん》の宣旨《せんじ》、源頼国《みなもとのよりくに》の娘の作ではないかと言われている。但し、この女性の正確な素性は未だよくわかっていない。後朱雀《ごすざく》院《いん》皇女の禖子《ばいし》内親王（六条斎院）に仕え、「宣旨」と呼ばれたこと、藤原定輔《ふじわらのさだすけ》ないしは、その子藤原高定《たかさだ》の妻になり、その後離別したのではないかという程度である。禖子内親王が、斎院を勤めたのは、寛徳三（一〇四六）年から、天喜六（一〇五八）年の間なので、作者の推定が正しければ、そこから遠くない頃がこの作品の成立年代ということになる。

内部徴証からいっても、『源氏物語』の引用・影響が至るところで見られることから、一一世紀中頃から後半に成立したことが推測される。あらすじは次のとおりである。

先帝の子にあたる関白堀川《ほりかわ》殿の子である狭衣《さごろも》は、妹同然に育った源氏《げんじ》の宮《みや》を密かに恋い慕っていた。帝は、最愛の娘女二《おんなに》の宮《みや》を狭衣に降嫁させようとするが、源氏の宮を愛する狭衣はそれを辞退する。そうした折、狭衣は身分の低い飛鳥井《あすかい》の姫君と出会い、姫君は懐妊する。しかし、姫君は乳母に九州へ連れ去られ、世を儚《はかな》んだ姫君は、途中入水自殺をする（巻一）。

その生死もわからないまま、物語は、巻二へと進み、狭衣はあれほど結婚を避けていた女二の宮と、ふとしたことから契ることになる。宮は懐妊し、相手の男を知る由もない母后は、宮に産ませた子を自分が産んだ子と偽るが、心労のあまり、母后は亡くなり、また、女二の宮は出家する。折から帝は退位し、女二の宮と共に嵯峨野に退去し、静かに仏道修行の日々を送る。狭衣の愛する源氏の宮も、新女御として入内することになっていたが、賀茂の神の託宣で、斎院となってしまう。失意の内に、粉河に詣でた狭衣は、偶然飛鳥井の姫君の兄に出逢い、詳細はわからないまま姫君の無事を知る（巻二）。

狭衣は、義母の桐院の上の養女の侍女から、飛鳥井の姫君の消息と姫の産んだ女児の存在を知り、そこを訪れる。しかし、既に姫君は亡く、二人の間の女児は、一条院の皇女一品《いっぽん》の宮《みや》の元で養われていることを知る。そこで女児に会いに忍び入ったところを人に知られ、狭衣が一品の宮に懸想しているとの噂《うわさ》が立ち、二人は強引に結婚させられてしまう。しかし、二人の仲は、いかにもよそよそしい。狭衣は、今は遠い存在になった源氏の宮や女二の宮を偲《しの》びつつ、いよいよ出家の決意を固めようとする（巻三）。

父堀川殿は、狭衣の出家の決意を賀茂の神のお告げで知り、これを留めさせる。狭衣は、源氏の宮や女二の宮への思いを諦められないまま、源氏の宮の面影を宿す宰相中将の妹、在明《ありあけ》の君を知ることとなり、これを迎え取る。折から、帝が病気で退位することとなり、天照大神のお告げにより、狭衣が新帝となる。狭衣は一品の宮を后に迎え取ろうとするが、一品の宮が応じず、在明の君を后とする。一品の宮は出家し、やがて亡くなる。帝（狭衣）は嵯峨院の病の報を聞き、お見舞いに行く。また女二の宮をも訪れるが、冷たい応対に憂愁に沈むのであった（巻四）。

物語文学は、その性質上二つの相反する性格を有する。つまり、伝奇性と現実性である。『源氏物語』で、「物語の出できはじめの祖」と言われた『竹取物語』は、伝奇性の要素が強い。竹の中から生まれたり（異常誕生譚）、異様に早い成長をしたり（異常成長譚）、最後には月の都へ帰っていく（貴種流離譚）ことなど、説話文学に多くみられる構成要素を色濃く残している。『源氏物語』にも、そうした要素は皆無ではないが、現実に立脚した筋立てで、多くの読者を獲得したのだろう。翻って、『狭衣物語』はどうであろうか。

後世の『無名草子』は、「『狭衣』こそ、『源氏』に次ぎてはようおぼえ侍れ」と誉めた後、欠点として次のように述べる。


大将の笛の音めでて、天人の天降りたること。

粉河にて普賢のあらはれ給へる。

源氏の宮の御もと、賀茂大明神の、御懸想文つかはしたること。

夢はさのみこそ、と言ふなるに、余りに厳重《げんぢょう》なり。

斎院の御神殿《みかうどの》鳴りたること。〔1〕

「夢はさのみこそ、と言ふなるに、余りに厳重なり」とは「夢は前兆を示すものだと言うようですが、あまりに大げさです」という意味である。

『無名草子』が欠点として述べた多くは、先の考え方から言えば、その伝奇性についてである。『源氏物語』の成果を高く評価する立場からすれば、それも仕方のないことかもしれない。物語は、現実に立脚したものとして捉えられ始めているのである。それが、『源氏物語』が後世に与えた影響の最たるものなのだろう。

確かに、狭衣大将の、凡人とは違う面を強調するあまり、非現実的、超自然的出来事が描かれている。帝の御前で嫌々吹き鳴らした笛の音に感応して、天上楽が鳴り響き、天稚御子《あめわかみこ》が天降って狭衣を誘う。〔2〕粉河寺で法華経を読誦《どくじゅ》する狭衣の前、灯明の暗がりの中に普賢菩薩《ふげんぼさつ》の御光がけざやかに見えたりする。[3]狭衣は、笛の音の例があるので忌むべきものと思いながら、源氏の宮との別れの場面で、琴を弾く。奇跡は再び起き、神殿の内が三度にわたって高く鳴り、それと同時にこの世のものとは思えない香りがさっとたなびく。[4]

そうした描写は、やはり現実性という観点からみた「物語」を、おとしめるものということができよう。物語は、そこまで発展してきたのである。

『無名草子』では、夢もまたそうした超自然的な面を持つ欠点と映っている。『狭衣物語』では、九カ所に夢が使われている。一・二巻に各一、三巻に四、四巻に三カ所である。物語の展開そのものが後半に行くほど非現実的になる、ということはないのだが、上記のような結果になっている。以下、一つずつ見ていこうと思う。

飛鳥井の姫君を巡る夢を一つのグループとすれば、それ以外の夢の記事は、多くは筋立てに関わるもので、いわば都合のいい引用に近い。以下は、それらを物語の筋に従って紹介する。

新帝即位の後、源氏の宮が女御として入内することが考えられた時、源氏の宮に凶夢が続く。「宮の御夢に、あやしう心得ずもの恐ろしきさまに、うちしきり見えさせたまふを、『いかになりぬべきにか』と人知れず心細くおぼしめさるれど、〔…〕」と思う間に、堀川の関白もまた夢を見る。

殿の御夢にも、「賀茂より」とて、禰宜とおぼしき人参りて、榊にさしたる文を源氏の宮の御方に参らするを、我あけて御覧ずれば、

「神代より標《しめ》引きそめし榊葉《さかきば》を
　我よりほかに誰か折るべき
よし試みたまへ。さてはいと便なかりなむ」とたしかに書かれたりと見たまひて、うちおどろきたまへる心地、いとも恐ろしくおぼされて、[5]〔…〕

ご丁寧にも、その後新帝自身も同じ趣旨の夢を見るのであった。狭衣にとって、一度は源氏の宮の入内をひき留める夢ではあったが、斎院に選定されては、却って自分の恋心を知らせることさえも困難になる結果をもたらした。

源氏の宮にも冷たくあしらわれ、女二の宮にも冷たくされた狭衣は、いよいよ出家を決心する。狭衣の母宮の夢に神（賀茂明神）が頻りに顕れ、父関白の夢もまた騒がしい。[6]巻が変わった冒頭に、賀茂の神の託宣を知らせる夢が書かれている。

「光失する心地こそせめ照る月の
　雲隠れゆくほどを知らずは
さるは、めづらしき宿世もありて、思ふことなくもありなむものを。疾くこそ尋ねめ。昨日の琴の音のあはれなりしかば、かくも告げ知らするなり」と、日の装束うるはしくして、いとやむごとなき気色したる人の言ふと見たまひて、うちおどろきたまへる殿の御心地、夢現ともおぼしわかれず、[7]〔…〕

最初誰のことを指摘しているのか分からずにいた堀川関白であったが、「昨日の琴の音」とあることによって、狭衣の出家の企図を知ることとなる。二人は、全力でそれを阻止するのであった。これは予知夢に近い働きをしている。

もう一つは、新帝の退位と、狭衣への譲位の場面に出てくる。世の中に悪疫が流行《はや》り、帝も「例ならずおぼされて、心得ぬさまの夢騒がしう見えさせたまへば〔8〕」、つまり気分がすぐれずに合点のいかない悪夢をしきりに見るようになった中で、退位を決意する。狭衣は、父の代から臣下に降下し、東宮にも立っていないのに、次期天皇に選ばれようとしている。世間の批判は強い。そこに天照大神の託宣が下され、さらにそれを補強するかのように、「帝の御夢にも、殿の御夢にも、『とく代はり居させたまはずは、悪しかりなむ』とのみ、うちしきり御覧ずれば〔9〕、〔…〕」と、夢が決断を促す。光源氏でさえ、准太上天皇止まりであったのに。

『無名草子』も、数々の欠点をあげつらった後で、次のように嘆息する。

何事よりも何事よりも、大将の、帝になられたること。返す返す見苦しく浅ましきことなり〔10〕。

夢が、無理な筋書きの正当化に利用された、哀しき例ということができよう。

飛鳥井の姫君を巡る一群の夢がある。身分は低いながらも、その慎ましさに惹かれた狭衣は、中途半端な状態で逢瀬を重ねる。飛鳥井の姫君に長く仕える乳母には、それほどの身分の人間とは思ってもらえず、乳母の既知の、また奇しくも狭衣が召し使う舎人の兄弟に、九州へ連れ去られてしまう。それ以前、飛鳥井の姫君は懐妊をするのだが、それさえも告げ得ない。そこを作者は、夢を利用して、次のように言う。

すこしまどろみたまへる夢に、この女の我がかたはらにあると思ふに、腹の例ならずふくらかなるを、「こはいかなるぞ。かかることのありけるを、など今まで知らせたまはざりける。かかる契りもありければ、なにか行末をも疑ひたまふ」とて、夢のうちにもあはれと思ふに、この女、

行くへなく身こそなりなめこの世をば
あとなき水を尋ねても見よ

と言ふとおぼすに、〔1〕〔…〕

この夢には、飛鳥井の姫君の懐妊の知らせと、後の入水自殺までもが予告されている。夢の中で歌を読みかけるのは、それほど奇異な感じを抱かせるものではないが、それでも夢の中の女が歌を詠み、そこに入水自殺が含意されているとなれば、やはりできすぎの感が強い。夢は、上代にあっては未来を予告し、異界への通路としての機能を果たしていた。『古事記』などに、そうした例はあるのだが、それは身を清め、神への畏敬の念と共に夢を見ることで、公的に問われるものであっ

た。そうした歴史から遠ざかり、夢に対する畏れの感情がなくなった時代では、やはり、物語を都合よく成り立たせる構成要素の一つとしてしかみられなくなったらしい。そうであるならば、それはやはり現実性という価値観で捉え直されてしまう。『無名草子』の言い分は時代性の中で、よく分かってくる。

このグループの次の例は、飛鳥井の姫君の行方を知る兄僧侶に出会いながらも、詳しくは聞けぬまま、別れてしまった場面にある。

ありなしの魂の行方にまどはさで
夢にも告げよありし幻[12]

この狭衣の歌の直後には、「これはさまざま夢うつつとも定めがたう、心をのみ動かしたまふ[13]」とあり、夢そのものではない。この歌、『源氏物語』の「桐壺」の巻や「幻」の巻に、類歌がある。三番目は、飛鳥井の姫君の死去を知った狭衣が、念入りに法要を施した翌早朝のまどろみの中で見る。

ただありしながらのさまにて、かたはらに居てかく言ふ。
暗きより暗きに迷ふ死出の山
とふにぞかかる光をも見る

と言ふさまのらうたげさもめづらしうて、「もの言はむ」と思ふほどに、ふと覚めて、見上げたれば、はるばると見えわたされて、月のみぞほのかにうつりける。[14]

雲の果てまで遠く見渡されて、狭衣以外の人はぐっすりと寝入っている。飛鳥井の姫君の臨終の場にいることもできなかった狭衣は、「夢」で訴えかけているように、姫君が泣く泣く越えていく死出の山路を思いやって、泣きながらも経を読み続ける。

この場面が一番、「文学的」と言うことができよう。不幸な人生を送った死者のために真心込めた法要を営んだ後、みんなが寝静まった静けさの中で、狭衣が一人空を見はるかし、飛鳥井の姫君との最初の出会いの場面を思い起こしている。夢の内容と、それを見た場面との緊密な融合がはかられ、読むものに、やはり感動を与えずにはおかない。『狭衣物語』の夢の中では、一つの到達点といえよう。

（二〇〇三年）

（3）『平家物語』における「夢」

例えば、一八世紀ドイツの啓蒙思想家レッシングは、一度も夢を見たことがないと言い、フランスの哲学者ミシェル・フーコーは、「夢はほとんど意味をもたない」と言う。また、イギリスの分子生物学者フランシス・クリックは、「夢は忘れるために見る」とも言う。

その一方で、アメリカ、スタンフォード大学のラバージュ教授は、精神療法の一つとして、悪夢を替えて治療するという方法を採っていたりもしている。

近・現代のいわば両極端にある考え方を引用してみたが、現代の「夢」に対する共通認識は、無意識界から送られてきたメッセージということができようか。夜になって眠っている間、意識が朧《おぼろ》化し、無意識の領域が活性化されるに従って、その無意識の領野で紡ぎ出されたイメージが、意識の中で把握され、記憶されたものが「夢」なのであろう。精神分析の方面からの、「夢」に対する著作が多いのは、その証左ということができる。

しかし、その「夢」も、時代によって、大きくその意味を変えてきている。近代の合理主義の洗礼を受けたあとでは、「夢」は、非合理なもの、信ずるに値しないものと受けとめられた。そうした考えが主流であった時には、「夢」は歴史の表舞台から、姿を消したかに見えた。だが、それは「夢」を見ることを禁じられた人が、正常に生きられないように、人々の心の中深くに生き続けていたことであろう。フロイトの『夢判断』が、広く受け入れられるようになったのも、その著作の内容の妥当性とともに、「夢」の持つ魅力も大きく関わっていたに違いない。そして現在、「夢」はかつて持っていた役割を超えて、復権してきたように思える。

日本における「夢」の受容も、様々な歴史を持っている。

「夢」が信じられ、夢の意味を問うという事が行われたのは、夢が異界からのメッセージを運ぶ役割を負っていると思われていたからである。現実にはあり得ない状況を作り出し、時には、夢見る主体の未来を予測するかのようにみえ、あるいは過去の凝縮された出来事であり、時には、共時的な事件の知らせをもたらしてもくれるのが、「夢」である。そうした夢での出来事は、異界、すなわち古代の人々が考えた神の世界、からの信号とみなさなければ、解決のつかない不思議さを有していたのである。そこで、私が「『日本書紀』における『夢』」の節で書いたとおり、人々は「夢合はせ」を行ったのである。少しでも、神からの信号を解釈しようとした。そのためには、日常の「褻《け》」の世界から、「晴」の儀式を行わなければならず、身を清め、髪を洗うという行為につながった。そうした手続きを経て、夢は公的な役割を果たす事ができるのであった。

神話学者でもあるエリアーデが、神話を述べるにあたって、「生きられた神話」という概念を提唱していたが、まさにこれは「生きられた夢」という事ができよう。だが、『日本書紀』の崇神紀の例がそのまま「生きられた夢」の原型という事はできない。なぜなら、この夢の解釈は、誰が聞いてもある程度納得させられてしまい、しかも、天皇位を決定するというまさに公的といえば、これ以上公的な場面などないといった場面に利用されているからだ。

この例は『摂津国風土記逸文』夢野条に載る話と同想である。といっても、これらには先の例と「夢合はせ」の例は、もう一つ仁徳天皇三八年秋七月条にある。

話としては、『摂津国風土記逸文』の方が面白く、仁徳紀の方が、その話を利用したと言えよう。違って公的な意味合いはない。

『逸文』に載る話の内容は、次のごとくである。

刀我野に牡鹿が居り、本妻はこの野に、側妻は淡路島の野島にいた。ある時牡鹿は次のような夢を見て、本妻に語った。自分の背中に雪が降り積もり、また、すすきという草が生えたと。本妻は自分の夫がまた側妻のもとにいくことを嫌がり、その夢を解釈して、偽って次のように述べた。背中に草が生えるのは、矢が背中にあたることを意味し、また雪が降り積もるのは、塩を肉に塗るということである。だから淡路島へ行ってはいけないと。牡鹿はこうは言われたが、側妻への恋の思いに勝てず、また野島に行く途中、舟に行き逢い、ついに射殺されてしまう。ここから「刀我野に立てる真牡鹿も、夢相《いめあはせ》のまにまに」という諺《ことわざ》ができたのだというのである。

「夢は合はせがら」というが、本妻の鹿が、原文「乃ち詐《いつは》り相《あは》せて曰《い》ひしく[1]」とあるように、わざと偽って悪く解釈して夢解きをした場合でも、その解釈通りになってしまうのである。

それはいったいどういうことであるのか。解釈した通りに現実の方が変わるというのであろうか。ところが、本当にそうであるらしいのだ。

「夢合はせ」は、異界からの信号を解読する作業であるから、本来特殊な知識なり、技術を必要とするはずである。しかし、ひとたび解釈されてしまうと、それは現実界を規定するものとして、動き始めてしまう。だからこそ、夢の解釈は慎重であらねばならない。

時代は大きく転換するが、『大鏡』師輔伝にも同様の話が載っている。

「大方、この九条殿、いとただ人にはおはしまさぬにや、おぼしめし寄る行末の事なども、叶はぬはなくぞおはしましける。口惜しかりける事は、まだいと若くおはしましける時、『夢に、朱雀門の前に、左右の足を、西・東の大宮に差し遣りて、北向きにて内裏を抱きて立てりとなむ見えつる』と仰せられけるを、御前に生さかしき女房のさぶらひけるが、『いかに御股痛くおはしましつらむ』と申したりけるに御夢違ひて、斯く子孫は栄えさせたまへど、摂政・関白えしおはしまさずなりにしなり。また、御末に、思はずなる事のうちまじり、帥殿の御事なども、彼が違ひたる故に侍ンめり。『いみじき吉相の夢も、凶しざまに合はせつれば違ふ』と、昔より、申し伝へて侍る事なり、荒涼して、心知らざらむ人の前に、夢語りな、この聞かせたまふ人々、しおはしまされそ[2]」

つまり、九条殿は常人とは異なる方で、将来のこともかなわないことはなかったが、ただ、若いころ、朱雀門の前に立ち、北向きに内裏を抱きかかえる夢を見たと言ったとき、近くにいた小賢しい女房が、「さぞ股が痛かったでしょう」と言ったがゆえに、吉夢がずれて、子孫は栄えたけれども、本人は摂政・関白にもならなかった。子孫に凶事が起こったのも、女房が吉夢を違えたためなのだ。素晴らしい吉夢も不吉に夢判断すれば、その吉兆を失うと昔から言っている。油断して、ものの道理をわきまえない人の前で、夢を語ってはならない、と言っているのである。

平安朝にも、「夢合はせ」・「夢解き」の語は頻出する。『源氏物語』にも、「若紫」や「明石」の巻でのように、物語の展開の上で非常に重要な場面で「夢」が登場している。文学作品に限らず、当時の日記である『御堂関白記』、『玉葉』にも「夢」の話や「夢合はせ」は多く書かれている。

だがしかし、この師輔伝の話は、上代のそれとまったく一緒と考えていいのだろうか。大きな違いは、これが歴史物語としての『大鏡』に記載されているということだ。師輔が、実際に右大臣でとどまって摂政・関白にならなかったという事、しかも子孫が輝かしく栄えたという事実を踏まえての記事ではないのか。上代にあって、夢の解釈が現実そのものを変えたのに対して、これは、歴史的事実を「夢」として遡《さかのぼ》らせて解釈したものという事ができよう。もう少しあとの『宇治拾遺物語』にも、応天門放火の罪でとらえられた伴《ばん》大納言の「夢合はせ」の記事が載る。それもまた、吉夢を妻のつまらない一言で変えられてしまった話である。

ここまで来ると、夢が信じられ、現実をも変改する力があるとする時代からは、かなり隔たってしまった事に気がつくだろう。

こうした「夢」の歴史的流れの中で、『平家物語』の「夢」は一体どんな役割を負っているのだろうか。『平家』では、語られた「夢」、つまり「夢」という単語ではなく、その内容まで含んで書かれている箇所が一六ある。その中のいくつかを俎上《そじょう》に載せたい。まず目につくのは、人の夢に現れたとする事によって、事件、ないし世情を表現しようとしているものである。

巻一の「内裏炎上」では、内裏の焼亡をあとづけるかのように次のように書く。

是ただことにあらず、山王の御とがめとて、比叡山より大なる猿どもが二三千おりくだり、手々に松火をともひて京中を焼くとぞ、人の夢には見えたりける。〔3〕

「夢」を見た人の個人名を挙げる事なく、「人」という言い方で世論を代表させている。『日本書紀』にある「落書」と、機能としては、それほどの違いはない。ただ、人の見た夢が、ある現実のものに裏打ちされると、巻一「願立」にあるように、もう少し信憑性《しんぴょうせい》を帯びてくる。

やがて其夜不思議の事あり。八王子の御殿より、鏑箭《かぶらや》の声出でて、王城をさして、なッてゆくとぞ、人の夢には見たりける。其朝関白殿の御所の御格子をあげけるに、唯今山よりとッてきたるやうに、露にぬれたる樒《しきみ》一枝立ッたりけるこそおそろしけれ。〔4〕

ここでは、夢の内容が庭の樒で補強されている。

現実との対応、夢にみたものが実際に枕元にあるという話では、清盛《きよもり》の小長刀《こなぎなた》の記事が有名だ。『平家』の主人公ともいえる清盛の話故、それは三カ所に登場する。

まず、巻二「教訓の事」に登場する。西光《さいこう》らの鹿が谷での謀議発覚の後、清盛は法皇幽閉を決意し、戦の恰好をした中で、「銀《しろかね》の蛭巻をしたる小長刀」を脇に挟んで廊に出た。その時の説明で、簡単にその小長刀の由来にふれる。それがより詳しく説明されるのが、巻三「大塔修理」の中でだ。

修理をはッて、清盛厳島へ参り、通夜せられたりける夢に、御宝殿の内より、鬢《びんづら》ゆふたる天童の出て、「これは大明神の御使也。汝この剣をもッて、一天四海をしづめ、朝家の御まもりたるべし」とて、銀のひるまきしたる小長刀を給はるといふ夢を見て、覚て後見給へば、うつつに枕がみにぞ立ッたりける。〔5〕

この小長刀は、平家の朝廷の守護者としての地位を約束するものとして描かれている。従って、平家の武運が尽き、横暴が目に余る頃になると、その小長刀は、その役割を終える。巻五「物怪の事」の中で、この小長刀がにわかに消え失せた事を述べたあと、

平家日ごろは朝家の御かためにて天下を守護せしかども、今は勅命にそむけば、節斗《せつと》をも召しかへさるるにや、心ぼそうぞ聞えし。〔6〕

という事になるのである。

霊夢で得た小長刀は、消え失せる事によって平家の滅亡を予言する。だが、それは実は事実の解釈に過ぎないのであった。『大鏡』の師輔伝で言えた事が、ここでも言えるのである。

これらは、夢が個人によって見られ、その夢が現実の「物」によって、保証されるとする例であった。だが、夢が保証されるためは、こうした「物」でないやり方もあり得た。

『平家』のもう一人の主人公重盛《しげもり》のエピソードでのことである。重盛はある夜、夢を見る。ある鳥居の前を通り過ぎようとした時、人が多く集まっている。これはどういう鳥居かと問うと、人は春日大明神の鳥居と答える。さらにみると、法師の頭を太刀の先に貫いて高く差し上げている。重盛がそれは誰の首かと聞くと、平家太政の入道殿の悪行が余りに多すぎるので、春日大明神が召し取ったのだというその時に夢から覚める。重盛がこの夢の語る内容を考え、涙に咽んでいるそのちょうどその時、妻戸をほとほととたたいて、瀬尾の太郎兼康《たろうかねやす》が訪れてくる。兼康もまた夢を見たと言

い、その内容はまさに重盛が見た夢と寸分違わぬものであった〔7〕。

このエピソードが強調するところは、重盛の超人性である。「この大臣は不思議第一の人」と語り始めているし、同じ夜に同じ夢を見た兼康に対しても、「神にも通じたる者」と評しているからだ。だが、同時にこれは、二人の者が同じ内容の夢を見たと表現することによって、その夢の内容が現実のものとなることを表している。清盛の見た霊夢が、現実の小長刀によって保証されたように、『平家』の中で清盛の専横と真っ向から対立する「理知の人」重盛にも、こうした超人的な能力があり、そしてそれはまさに後の平家の運命を予知するものとなっているのである。

『平家物語』の中で、それまでの歴史的役割を超えて描出されている「夢」というのは、巻一二・「六代の事」にあるそれであろう。

平家の子孫を全滅させようという執念を持つ頼朝《よりとも》は、各地にその命令を出す。少しでもその可能性のある子供たちが、次々と殺されていく中で、小松の三位中将維盛《これもり》の子、六代《ろくだい》は京都の大覚寺に隠れていた。だが、ある女房の告発によって、北条時政《ほうじょうときまさ》に捕らえられてしまう。一人子を失った母上・乳母は悲しみで寝られない。夜になっても涙がこみ上げてくる中、母上は次のような夢を見る。

ただいまちッとうちまどろみたりつる夢に、此子が白い馬に乗りて来つるが、「あまりに恋しう思まいらせ候へば、しばしのいとまこふて参りて候」とて、そばについゐて、なにとやらん、よにうらめしげに思ひて、さめざめとなきつるが、程なくうちおどろかれて、もしやとかたは

らをさぐれ共、人もなし。夢なりともしばしもあらで、さめぬる事のかなッしさよ」とぞ語たまふ。〔8〕

せっかく夢の中で六代に会えたのに、すぐに目が覚めてしまって悲しい、というのである。六代は、この後文覚の働きで、一度は命が助けられるのだが、それにしても「夢」が、これほどの哀切さの中で語られた事があっただろうか。
「夢」が異界からの通信であるという位相はわずかに保ってはいるものの、あるいはそうした位相を利用してはいるものの、この話の内容ははるかに文学的な内容を有している。平家滅亡の最後を飾る記事のなか、抒情性にあふれた場面を演出する役割を、この「夢」は担っているのであった。古代から連なる「夢」の一つの到達点として考えられるように思う。

（一九八九年）

（4）『石山寺縁起』における「夢」

近江国滋賀郡にある石山寺は、八葉の蓮華のような大きな巌があり、地形勝絶の地と謳われる日本最古の霊場の一つである。平安時代には、当時の本尊如意輪観音の霊験は、清水、長谷とともに天下に広まり、大変な賑《にぎ》わいを呈するようになった。清少納言《せいしょうなごん》の『枕草子』には、

寺は　壺坂。笠置、法輪。霊山は、釈迦仏の御住みかなるがあはれなるなり。石山。粉河。志賀。〔1〕

とある。貴族に限らず、庶民の遊楽や参籠が続き、「石山詣」の語も生まれた。後で問題にするように、紫式部《むらさきしきぶ》や和泉式部《いずみしきぶ》、赤染衛門《あかぞめえもん》、あるいは藤原道綱母《ふじわらみちつなのはは》や菅原孝標女《すがわらたかすえのむすめ》など、当代一流の女流文学者の参籠も記録されている。現在の石山寺には、紫式部がここで源氏物語を書いたとする「源氏の間」もある。

その中の、例えば、『和泉式部日記』には、次の記事がある。

あはれにはかなく、頼むべくもなきかやうのはかなしごとに、世の中をなぐさめてあるも、うち思へばあさましう、かかるほどに八月にもなりぬれば、つれづれもなぐさめむとて、石山にまうでて、七日ばかりもあらんとてまうでぬ。〔2〕

ここにいう「はかなしごと」とは、敦道《あつみち》親王との関係に疲れたことを嘆いているのだが、当の親王が久しぶりに和泉式部邸を訪れて、式部が自分に断りもせずに、石山寺に行ったことを不快に思う。そこで親王は、「さは、けふは暮れぬ。つとめて、まかれ」と、翌早朝に行くことを命じて、童に手紙を託す。寺で勤行をしていた式部は、

高欄の下の方に、人のけはひのすれば、あやしくて、見下ろしたれば、この童なり。〔3〕

手紙を見た式部は、都にいる宮に「関うち越えて問ふ人やたれ」と和歌を送る。宮は、「問ふ人とか。あさましの御もの言ひや」と、怒り、「苦しくとも行け」とまた童を送る。今度の式部の返事は、冷たいものではなく、宮の心をくすぐるものであったので、「思ひもかけぬに、行くものにもがな、とおぼせど、いかでかは」と、石山寺に行こうにも行けない自分の社会的立場を嘆く。そうこうしているうちに、式部は都に帰ってきた。

本人たちは歌のやり取りで互いの思いを表明しているのだが、仲立ちをした童は、結局京と石山寺を二往復させられたのだった。

『石山寺縁起絵巻』は、当寺の草創と、皇室・公家などの尊崇、寺僧の事蹟、本尊の利生《りしょう》を編年的に記した絵巻物である。現在では、中央公論社から出版されている『日本絵巻大成　一八』にあり、新装版も一九八九年に刊行され、手軽に読むことができるようになっている。

第一巻の序文によれば、この『縁起』の成立は、正中年間（一三二四〜二六年）のようにとれるが、現存する各巻は複雑な製作過程を経てきたと考えられる。巻一・二・三は、絵を高階隆兼《たかしなたかかね》、詞書を石山寺座主杲守《こうしゅ》と伝える。

巻四は、絵を土佐光信《とさみつのぶ》、詞書を三条西実隆《さんじょうにしさねたか》が書き、明応六（一四九七）年に成立した。巻一〜

三成立から、一七〇年を経ている。

巻五は、絵を粟田口《あわたぐち》隆光《りゅうこう》、詞書を冷泉為重《れいぜいためしげ》筆と伝える。巻一・二・三および五の絵は、正中頃の作と考えられるが、巻五の詞書は南北朝期のものと思われる。巻六・七は、飛鳥井雅章《あすかいまさあき》の書いた詞書が残存していたのみであったが、幕府老中の松平定信《まつだいらさだのぶ》の助力により、絵は谷文晁《たにぶんちょう》によって、文化二（一八〇五）年に描かれたものである。

本論文で、『石山寺縁起』を取り上げる一つの大きな理由は文学関係記事の多さにあるのだが、のちに追々明らかになるように、それ以外にも興味深い内容を、この『縁起』は有している。

文学関係の記事の中で、最初に出てくるのが、一―5の話である。話そのものの面白さは、現在の我々にはそれほど感じられないのであるが、歌のうまさを契機として、天皇が泊まったということを考えれば、これは一種の「歌徳説話」に含まれよう。「歌徳説話」とは、歌の力、それはひいては、言葉の力ということにもなるのであろうが、その力によって、様々な奇瑞が生じることをいう。

話柄の面白さでいえば、二―4の源順《みなもとのしたごう》の発見が興味深い。天暦五（九五一）年、いわゆる梨壺の五人に、『万葉集』を読み解くように勅命が下った。その中の中心的な人物であった源順は、読み解けぬところが多くて、康保（九六四〜九六八年）の頃、石山寺に参詣した。その下向の道すがら、馬にたくさんの荷物を積んだ馬子が「までより」（両手で）というのを聞き、「左右」を「まで」と読むことに気付いたという逸話である。

それがどこに出ているかというと、『万葉集』の次の歌である。

白浪乃《しらなみの》　浜松之枝《がえ》乃　手向草《たむけくさ》　幾代左右二賀《いくよまでにか》　年乃経去良武《へぬらむ》〔4〕

「左右」を「まで」と訓むことから、さらに「左右手」「二手」「諸手」も「まで」と訓むことに気付き、次の歌も訓めるようになった。

大海尓《おほきうみに》　荒莫吹《あらしなふきそ》　四長鳥《しながとり》　居名之湖尓《ゐなのみなとに》　船泊左右手《ふねはつるまで》〔5〕

〔…〕作宮尓《つくれるみやに》　千代二手尓《ちよまでに》　座多公与《いませおほきみよ》　吾毛通武《われもかよはむ》〔6〕

大宮之　内二手所聞《うちまできこゆ》　網引為跡《あびきすと》　網子調流《あごととのふる》　海人《あま》之呼声《よびこゑ》〔7〕

久方之　天漢原丹《あまのかはらに》　奴延鳥之《ぬえどりの》　裏歎座都《うらなきましつ》　乏諸手丹《すべなきまでに》〔8〕

さらに『縁起』の文学関係記事には、四―1の、紫式部参詣の段がある。その「源氏の間」が今に残ることは、既に述べたところだが、『縁起』は、「彼の式部をば日本紀の局《つぼね》とて、観音の化身とも申し伝へ侍り」と、賛辞を惜しまない。

今まで述べてきた文学関係記事以上に、注目すべき段は、二―3の『蜻蛉《かげろう》日記』の作者の、藤原道綱母の参籠記事であり、また、三―3の『更級日記』作者の菅原孝標女のそれである。

後者をまず問題にしたいのだが、『更級日記』の作者は、石山寺に詣でた時、御堂に行き、終夜行い勤めて、「少し微睡《まどろ》みたる夢に」本陣から、麝香《じゃこう》をもらい、早くあそこにつけなさいという人がいて、目覚める。これは、具体的にそれと示してはいないが、石山寺の霊験譚なのである。終夜ないし三日とか七日とか籠り、夢のお告げを聞くのである。夢が近い将来にむかっての、道案内であった。

『夢』は、当時にあっては神意を問うたり、予兆を得たり、遠方での死や生誕、あるいは死後の往生を伝達したりする機能を有していた。

日本の古典の中で、夢の最も早い例は、『古事記』のそれである。『古事記』人代の巻に入って初めて「夢」は出てくる。

霊験譚に夢はつきものであるが、『縁起』の話を考察するうえで、数のうえからも、質の点からみても、最も貴重な手掛かりを与えてくれるのが『今昔物語集』、とりわけ「本朝仏法部」といわれる巻一一～二〇（巻一八は欠巻）の九巻である。この中には全部で三九〇話収録されているが、それらの中で夢が何らかの形で語られているものは、およそ三分の一、一二七話にも達している。こうした夢は、夢を見るための用意が行われて初めて信じられるものとなった。夢が信じられるためには、そのための手続きが必要であった。単に見た夢は、何の効力をも持たないといっていい。

夢がさらに信じうるものになるためには、もう少し異なった特徴が必要である。その一つの表れが二人同夢〔9〕、三人同夢〔10〕である。

夢の確実性は、もっと違う面からも裏打ちされる。つまり、夢を見るに当たってただ漠然と祈るのではなく、何を見たいか、何を知りたいかを祈誓し、その通りの夢を見ることである。〔11〕

夢は今まで述べてきたように、いわゆる「異界との交信」という側面を持っている。人知では計り知れない、あるいは窺《うかが》い知れない世界との交信を手助けしてくれているのが、夢であった。だからこそ、人々は夢に全幅のとはいえないまでも、凡人では知り得ない力を期待していたのではないか。母の死後の有様を語る『今昔物語集』十四‐八話は、端的にそうした思想を我々に教えてくれる。

夢は、神意を占い、予兆を得、人の死や生誕あるいは死後の往生を知らせてくれるものとして信じられていたのである。そうした側面は特に寺社の霊験譚に著しい。したがって、『縁起』の文学関係記事、とりわけ夢を語る段は、逆に言えば、霊験譚という足かせをはめられているとも言える。『石山寺縁起絵巻』は、寺の立場に立って、菅原孝標女の参詣を伝え、その夢告を書くのである。だが、実際に参籠した菅原孝標女の考えを知るためには、『更級日記』本文を見なければならない。夢破れた現実の中での源《みなもとのすけみち》資通との出会いと別れとは、彼女に人生上の一つの転機をもたらした。

今はひとへに豊かなる勢ひになりて、双葉の人をも思ふさまにかしづきおほしたて、わが身もみくらの山に積み余るばかりにて、後の世までのことをも思はむと思ひはげみて、十一月の二十余日、石山に参る。〔12〕

時は寛徳二（一〇四五）年、作者三八歳の事であった。作者は四十路を前にして、裕福になり、子供たちも大きくなり、自分も財産を蓄えて、我が身を振り返らずにはいられなかったのであろう。物語に耽溺《たんでき》し、物詣といった地道な信仰心を植えつけてくれなかった母に、恨み言を言いたい心境に至っている。そこで「後の世」に安楽を求めんがために、石山詣でを思い立つのである。勤行の途中でついまどろんだ夢に、中堂から麝香を頂戴し、「とくかしこへ告げよ」、早くあちらへ知らせなさい、といわれる。作者は、「夢なりけりと思ふに、よきことならむかしと思ひて、おこなひ明かす」、つまり、夢だろうけれど、きっと吉夢だろうと一晩中勤行する。〔13〕

『縁起』の霊験譚と違って、ここには作者のなまの、素直な気持ちが書かれている。子供が自分の手から離れた寂しさの中で、神仏にすがらんとして、石山寺にやって来て、その答えを夢に求めようとする。得られた夢の内容は、はっきりとは分からないものの、「よきことならむかし」と、藁《わら》にもすがる気持ちで、希望を託すのである。夢を一直線に信頼する霊験譚とは違った信じ方であることを、この文は我々に教えてくれているのである。

同じことが、『縁起』二—3の藤原道綱母の夢にもいえる。この箇所での、彼女の夢に対する態度は、『縁起』のそれとそう違ったものではない。しかし、同じ作者の次の文は、非常に注目される。

作者三六歳の時、兼家との仲は険悪になり、道綱《みちつな》とともに長精進に入る。

二十日ばかり行なひたる夢に、わが頭をとりおろして、額を分くと見る。悪し善しもえ知らず。〔14〕

といい、夢に対しての判断を留保している。霊験譚のそれのように夢を信ずる、ないしは夢の現実に対する力を信ずる態度とは一線を画していよう。寺社に関わらない個人の単位での、夢への態度はこうしたものが普通であったに違いない。さらに注目すべきは、先ほどの文のすぐ後に続く、次の文章である。

七八日ばかりありて、わが腹のうちなる蛇《くちなは》ありきて、肝を食む。これを治せむやうは、面に水なむいるべきと見る。これも悪し善しも知らねど、かく記しおくやうは、かかる身の果てを見聞かむ人、夢をも仏をも、用ゐるべしや、用ゐるまじやと、定めよとなり[15]。

胎内にいる蛇《へび》が臓腑を食うという異常な夢を見た作者は、二度繰り返される「悪し善しもえ知らず」と言いながら、絶望と兼家に対する怨念に見舞われている。そしてさらに彼女は、「かかる身の果てを見聞かむ人、夢をも仏をも、用ゐるべしや、用ゐるまじやと、定めよとなり」と言い、夢に対する信頼をいわば挑戦的に投げ出している。この夢が、現在の心理学でどのように理解されるかは知らない。しかし、相当程度性的な意味合いが込められているであろうことは想像がつく。それを知ってか知らずか、作者は夢への信を人に任せてしまう。扱いかねている心の動きが見えてくるではないか。

夢は確かに当時信じられていた。だが、その信頼の置き方は、霊験譚のみを見ていては、見間違うだろう。個人のレベルにまで降りていくためには、やはり、文学作品にまで視野を広げなければならない。『石山寺縁起絵巻』はそういった夢の時代相、語られる場の違いを考察する橋渡しの役を果たしていると思えるのだが、それはもちろんそれだけの役割に留まらず、縁起として、絵画資料としてもっと取り上げられていい価値を有しているのである。

（一九九〇年）

3

古典考察

（1）『徒然草』における説話要素

近頃（執筆時一九九三年）、西行《さいぎょう》の評伝が相次いで刊行され、一種のブームとでもいうべき現象が起きているようだ。

饗庭孝男《あえばたかお》氏は、その名も『西行』（小沢書店）で、伝記的事実に立脚しながらも、西行の作品と人間的魅力を、余すところなく描き、高橋英夫《たかはしひでお》氏も、同じ題名の『西行』（岩波新書）で、同様の批評眼の元、謎《なぞ》に包まれた西行の全体像を明らかにしようとしている。

これら以前には、白洲正子《しらすまさこ》『西行』（新潮社）、玉城徹《たまきとおる》『西行』（砂子屋書房）、松永伍一《まつながごいち》『西行幻想』（佼成出版社）などが、一九八八、一九八九年に出版されている。

西行が、近代の批評家の心を捉え、かくもたくさんの評伝を生み出した背景には、皮肉なことに小林秀雄《こばやしひでお》の名エッセイがあった。「皮肉なことに」というのは、正確でない。なぜなら、これら多くの評伝は、小林があえていさぎよく捨て去ったことで、かえって生まれてきたのであろうから。

小林は、わずか三〇枚ほどのエッセイの中で、鋭い批評眼を武器に、西行の魅力を描ききった。その中で、彼は、「凡そ詩人を解するには、その努めて現そうとしたところを極めるがよろしく、努めて忘れようとし隠そうとしたところを詮索したとて、何が得られるものではない」「彼が忘れようとしたところを彼とともに素直に忘れよう[1]」と、爽快に言い放ち、また、例歌を引くに当たっても、ほんのわずかな解説しか加えない。

小林秀雄らしいといえば、その通りだし、これを読んで行間がつかめなければ、もう一度出直して来いといわんばかりの文体も、また、まさしく小林秀雄そのものということができるだろう。

小林の所説の新しさは、西行を「空前の内省家[2]」とし、「この人の歌の新しさは、人間の新しさから直かに来るのであり、特に表現上の新味を考案するという風な心労は、殆ど彼の知らなかったところではあるまいか[3]」といい、彼の歌を「思想詩」と断じたところにあった。

いまも充分に首肯できる鋭い考察といわざるを得ない。だからこそ、いま西行の評伝を書いている諸氏は、小林が鮮やかに切り捨てた伝記的事実に拘泥し、いくらかでも、小林の呪縛から逃れ出ようとしているのではないかと思われる。それが、成功したか、否かの判断はもう少し待ちたいと思う。

小林の評論の影響は、ひとり西行論にとどまらず、同じく『無常といふ事』に書かれた「実朝」・「徒然草」・「平家物語」にも現れている。本論考では、それらの中の「徒然草」について、考えてみたい。

小林は、「つれづれ」の語を手がかりに、論を進める。「誰も兼好の様に辛辣な意味をこの言葉に見付け出した者はなかった」といい、「兼好にとって徒然とは『紛る、方無く、唯独り在る』幸福並びに不幸を言うのである[4]」とし、兼好を「純粋で鋭敏な」「批評家」と断じた。

わずか五枚ほどのエッセイだが、それこそ小林の「純粋で鋭敏な」批評眼が、躍動している。

小林は更に、「彼には常に物が見えている、人間が見えている、見え過ぎている、どんな思想も意見も彼を動かすに足りぬ」と言い、「物が見えすぎる眼を如何に御したらいいか、これが『徒然草』の文体の精髄である」と言う。また、その前の箇所では、『徒然草』二二九段の全文を掲げた後、「彼は利き過ぎる腕と鈍い刀の必要を痛感している自分」を、述べているのだとする。[5]

そして最後に、『徒然草』第四〇段の全文を掲げて、「これは珍談ではない。徒然なる心がどんなに沢山な事を感じ、どんなに沢山な事を言はずに我慢したか」[6]と言って、小林のエッセイ全部の終わりとしている。

『徒然草』第四〇段の全文は以下のようである。

因幡国に、何の入道とかやいふ者の娘、かたちよしと聞きて、人あまた言ひわたりけれども、この娘、ただ栗をのみ食ひて、さらに米の類を食はざりければ、「かかる異様の者、人に見ゆべきにあらず」とて、親、ゆるさざりけり。[7]

小林は、この段を、解釈を省略して、いかにも彼流の言い方で、結論に使用している。しかし、疑問を持ち始めれば、この段も、それほど簡単なものではない。例えば、栗を食べ続けるという事、なぜ、それで親が娘の結婚を許さないのかという事、等々。

栗が、食用に供せられて久しいのは、言うまでもないだろう。もちろんそれは、文献以前にまで遡《さかのぼ》る。したがって、ここでの問題は、「たゞ栗をのみ食」という点と、「さらに米のたぐひを食わ」ないという点にありそうである。

栗はそれほど、縁起のいい木とは考えられていなかったようである。例えば、長野県では、屋敷内に栗の木があると栄えないといわれ、新潟県でも、栗を植えると家運を悪くするという。屋敷内に植える事を忌むだけではなく、秋田県では、門柱にしてはならないといい、群馬県では、栗の木を上道具に使う事を、また、岐阜県では、箸《はし》に使う事を、それぞれ禁じている。

栗を食べるという点での禁忌は、もちろん、生栗を食べるなという事である。私自身も、小さい頃、祖母からそのようにいわれた事を覚えている。生栗を食べると、できものができたり、瘡《くさ》や口《こう》瘡《そう》ができるという。高知県では、「生栗一つにかさ八十」といい習わしているという。『徒然草』本文には、栗を生で食べているとは書かれていない。栗の木が、概して縁起の悪い木だという理由だけで、親が自分の子を評して、「異様」と言い、結婚を許さないという事があるだろうか。

『古事記』応神記の歌謡には、「三栗のその中つ枝《え》の」[8]という歌詞が載っている。応神《おうじん》天皇が矢河《やがわ》枝《え》姫に求婚した時の歌だが、「三栗の」は、「中」にかかる枕詞だといわれている。三栗は、栗のいがの中に、二つの栗にはさまれて、その「中」にあるからだそうだが、それ以上の意味はあまり考えられていないようだ。上代において、この枕詞は、他にも、『万葉集』の一七四五・一七八三番歌にも使われているが、それを見てもよくは分からない。

栗は、山上憶良《やまのうえのおくら》の有名な貧窮問答歌の中に、「瓜食《は》めば子ども思ほゆ栗食めばまして偲《しの》はゆ」というふうに、登場してはいる。

ここで、注目すべきは、次のような俗信である。

「二つ栗を一人で食べると、双生児を生む」

こうした俗信は、北は、青森・岩手から、関東・北陸・近畿・中国・四国・九州は宮崎にまで、あまねく広まっている。このいい方では、食べる人が限定されていないが、それが妊婦と限定されている場合もある。「三つ栗を食えば三つ子をはらむ」という考えも、山形市にはあるという。

双生児、ないし三つ子などが、日本の古い社会にあって、忌み嫌われていたことは、周知の事であろう。東北地方では、双子の生まれた父親が、すぐに屋根に登って、双子が生まれたと叫ぶと、次からは双子が生まれないという。双子が生まれるようになったのは、二つ栗の他に、二つミカン、二つ芋、二股大根を食べたからだとする俗信が一般的である。もちろん、これは形態の類似から考えられた感染呪術的考えに拠っていよう。

ここまできて、先の『徒然草』第四〇段の親が、自分の娘を評して「異様」といい、更にそれだけではなく、「人に見ゆべきにあらず」と、結婚そのものを否定したのだということが、理解されるのである。なぜなら、栗に対する観念が、必ずしも縁起のいいものではなくて、ましてや、二つ栗・三栗を平気で食べるということは、たとえ結婚したとしても、当時、忌み嫌われていた双子を生む可能性が高いと、判断されたからだ。

兼好は、この話を因幡の国の、つまり、都から遠く離れた、空間的に疎遠な話として、語っている。それだけ、この話の真実性には、無頓着ということが、確かにできる。でも、いまの我々よりは、はるかにこの説話の意味するところを理解していたのではないだろうか。小林は、果たしてどこまで、到達していたか。だからといって、私は、小林の未熟や思慮の浅さをいおうとは思わない。彼の読みは、正確だったということに改めて驚くのみである。

『徒然草』には、説話をもとに書かれた段がいくつかあるが、一般に考えられているほど多くはない。当該第四〇段以外に、第一八段の、恐らく、中国の文献から借りてきた許由《きょゆう》・孫晨《そんしん》の逸話、第六八段の大根の精の話、第六九段の豆殻の話を聞き取ることのできた性空《しょうくう》上人の話、それぐらいではなかろうか。

　第一八段は、許由・孫晨いずれの言行も『蒙求《もうぎゅう》』に載っていて、出典であるかははっきりしないながらも、出所は明らかである。また、第六九段の性空上人の話は、歴史的に一つのジャンルを形作っている仏教説話の一つである。

　私がひときわ興味を引かれるのは、第六八段の大根の精の話である。

筑紫に、なにがしの押領使などいふやうなる者のありけるが、土大根《つちおほね》をよろづにいみじき薬とて、朝ごとに二つづつ焼きて食ひける事、年久しくなりぬ。ある時、館の内に人もなかりける隙をはかりて、敵襲ひ来たりて、かこみ攻めけるに、館の内に兵《つはもの》二人いで来て、命を惜しまず戦ひて、皆追ひ返してげり。いと不思議に覚えて、「日ごろここにものし給ふとも見ぬ人々の、かく戦ひし給ふは、いかなる人ぞ」と問ひければ、「年来《としごろ》たのみて、朝な朝な召しつる土大根らに候」といひて、失せにけり。

深く信をいたしぬれば、かかる徳もありけるにこそ。〔9〕

「土大根」が、本当に大根かと、疑い始めたらきりもなくなるが、『古今要覧稿』菜蔬の部には、「すゞしろ一名おほね一名つちおほね……」とあり、『倭訓栞』「中編三〇於」の「おほね」の部に、「土おほねも同じ」とあることによって、確かだろうと思われる。多くの辞書は、「土大根」の解釈に当たって、『徒然草』のこの例文を引いて、大根としているので、本気で確かめようとすると、あまり役には立たない。

ところで、兼好は、この段の最後で、「深く信をいたしぬれば、かかる徳もありけるにこそ」と言っているのだが、どこまで、信じて言っているのだろうか。

ここでもまた、彼は説話を語る時の常態として、「筑紫」という場所を提示する。筑紫という語は、いくつかの意味を持ち、ある時には、九州全域を指すときもあり、北九州に限定される時もあり、筑前・筑後の二国を指す時もある。ここでは、恐らく北九州の意で用いられていようが、いずれにしても、都から遠く離れた、いわば異郷の地の出来事として語られている。これは、先に問題にした第四〇段にも、当てはまる。空間的に遠隔の地の出来事なのである。

また、冒頭部に登場する「押領使」というのは、これもいくつかの意味があるが、平安時代以降では、国内の反乱鎮圧や、凶族追討のために置かれた常設の官を言ったようである。ただし、鎌倉時代になると、一般にこの官職はなくなり、例えば、「惣追捕使」と、その名称を変化させている。ということは、この段は、空間だけではなく、時代的にも兼好よりは、はるかに前の時代のことを取り上げているということになる。

時間的にも空間的にも遠く隔たった出来事として、兼好はこの段を語っているのである。だからこそ、彼はここで語られている事実そのものには、真偽の判断を留保していられたのである。

内容についてもう少し考えてみよう。先の押領使は、朝ごとに「二つづゝ」の大根を、「焼きて」食っていたのである。「二つ」というのは、正確には、どのくらいなのか。二切れずつということなのか、それとも二本ずつとでもいうのだろうか。しかもそれを「焼きて」食っていたというのは、寡聞にして知らない。

大根の効用は、古くから喧伝《けんでん》されている。『延喜式』には、その栽培法とともに、利用法も載せられている。穀物の消化や痰《たん》を切るのに効用があり、暴飲暴食の後には生でかじると便通によいという。『宜禁本草』にも、同様の効能が書かれており、また、「五臓の悪気を練る」ともある。この段の主人公が、「よろづにいみじき薬」と考える下地は、充分にあったのである。ただ、大根の主成分である消化酵素アミラーゼやビタミンCは熱に弱いので、生で食べるのが、最も体にいいという。

栽培法については、『農業全書』に詳しい。「五月いか程も深くうち、濃糞を多くうち干付をき、其後度々犁返しかきこなし、埋ごゑをもして、六月六日たねを下すべし[10]」とある。私も、畑で大根を栽培したことがあるが、土を深くすき返すことが大事である。それを怠ると、大根は二股になってしまう。

そうなのだ。大根が兵となって、押領使を助けにきてくれたのは、足があったからだ。この説話の眼目は、なぜ大根が、兵となって押領使を助けてくれたか、というところにあるのである。二股の大根であれば、容易にその形状から、兵となって戦うことができるのである。

現在の我々は、大根といえば、ほとんど八百屋の店頭の青首大根しか思い浮かべないかも知れない。しかし、大根は、種類も多く、季節を問わずできるという性質を持っている。そして、二股の大根など店頭に並ぶことは、現在ではあり得ないことだが、畑も固く、道具も粗末で、石なども時には交じっていたであろう昔にあっては、見慣れたものではなかったか。

兼好が、この説話を収録し、「かかる徳もありけるにこそ」といったのには、「見えすぎる眼」をもってしても、やはり書いておかざるを得ないそれなりの理由があったのだと言うことができる。「二つ」はそうしたことから考えると、二本ずつでなければならない。二切れでは、手助けにも来られないではないか。だがしかし、「焼きて」食うという点に関して、依然として、不明である。もしかしたら、兼好も同じように不審に思ったかも知れないのだが、聞いたままに書き留めたのではなかったか。

そこが、小林のいう「彼には常に物が見えてゐる、人間が見えてゐる、見え過ぎてゐる、どんな思想も意見も彼を動かすに足りぬ」という点であろうと私には思われる。

兼好は、確かに「見えすぎる眼」をもっていたに違いない。だが、その見方は、たぶんに現代人から見たそれであって、兼好の時代に遡っての理解の仕方とは、一線を画す必要があると思われる。兼好は、実際に一四世紀の人間であり、栗がどういうふうに考えられていたか、また、大根は、時に二股になるんだということを、知悉《ちしつ》していた、中世人なのである。小林秀雄の切り捨てたもの、顧みなかったものから、また新たな兼好像を見出すことができるだろう。そのためには、更なる『徒然草』本文の正確な読みが必要とされているのである。

（一九九三年）

コラム　大根の精

あまり難しいことを考えるのは苦手なので、少しくだけた話をしようと思います。今の家に引っ越して、もう17年になりますが、その当初から隣が空き地で、家庭菜園をするには格好の場所でした。引っ越してから4年たったくらいのことでしょうか、その一画を畑として借りることができ、以来昨年まで、イギリスに住んでいた2年ほどを除いて、夏はキュウリ、茄子《なす》、トマト、枝豆、トウモロコシなどを作り、秋口には絹莢《きぬさや》、大根、キャベツなどを作っていました。夏のキュウリはイボイボが痛いほどで、齧《かじ》るとボキッという瑞々しさに感激し、枝豆は枝からもぐのに手間がかかりますが、その後のビールとの相性を考えれば、それも楽しい作業でした。ただ、キュウリは毎日穫らないとすぐ大きくなり、まさに「胡瓜」と書く理由が納得できたりします。

大根は、畝に深さ1センチ、大きさはビール瓶の底ぐらいの穴をあけ、種を4、5粒蒔いて、土で覆います。小さな所で葉をぶつからせながら、互いに切磋琢磨《せっさたくま》して、次第に大きくなるようです。成長の悪い物を疎《おろ》抜き、最後は、大きくて立派な大根1本を残します。

そんな中、1本の大根を間引いた時、ひらめくものがありました。『徒然草』第68段の話です。

次にその全文を引用します。

筑紫に、なにがしの押領使などいふやうなる者のありけるが、土大根をよろづにいみじき薬とて、朝ごとに二つづつ焼きて食ひけること、年久しくなりぬ。或時、館の内に人もなかりける隙をはかりて、敵襲ひ来たりてかこみ攻めけるに、館の内に兵二人いで来て、命を惜しまず戦ひて、みな追ひ返してげり。いと不思議に覚えて、「日ごろここにものし給ふとも見ぬ人々の、かく戦ひし給ふは、いかなる人ぞ」と問ひければ、「年来たのみて、朝な朝な召しつる土大根らに候ふ」と言ひて失せにけり。深く信をいたしぬれば、かかる徳もありけるにこそ。

大根を何にでも効く薬だと言って、毎日「二つづつ」「焼いて」食べていたという部分にいつも引っかかりを感じていました。大根を焼いて食べたことがなかったので、家庭科の先生に聞いたり、生徒に、田舎などで焼いて食べる習慣がないか聞いたりもしましたが、はかばかしい答えは得られませんでした。そこで実際に自分で焼いて食べてみました。さすが丸ごとは無理なので、1センチぐらいの厚さに切り、網の上で焼いてみたのですが、甘みが増して結構おいしいものでした。「焼いて」というのは、自分で試してみて、一応の答えが出せたのですが、「二つづつ」をどう考えるべきなのでしょう。私たちの大根に対するイメージは、青首大根に代表されるような、太くて真っ直ぐで白い大根でしょう。しかし、それも時代が変われば、あるいは、地域が変われば違ってきます。聖護院もあれば、桜島もあり、それこそ練馬大根も有名です。畑の栄養の差でも大きさは違ってきます。

この文章に出てくる「二つづつ」は、後の展開から見て、二本ずつであるべきです。敵が襲って来た時、大根の精が兵士となって助けてくれたのですから。そうすると、この押領使は、毎朝二本ずつの大根を食べていたことになって、私たちの常識はそんなことはないだろうと、否定してしまいます。ただし、よく考えるとその常識は、先ほど言った青首大根に騙されているということが言えるのではないでしょうか。

私が畑で作っていた大根は、「大蔵大根」というものでした。変な名前ですが、何となくたくさんできそうです。そして、ある時、何本かの大根を間引いていた時、それを発見したのです。「それ」というのも、他ではありません、まさに人間の形をした大根なのです。

畑はよく耕さなければなりませんが、時たま石が残ることがあります。その石に大根が当たると、そこから二つに裂けて、まさに二本の足を持つ人間の形をした大根になるのです。実は、ニンジンもそうで、朝鮮人参を思い浮かべてもらうといいのですが、その形は人間に似るのです。だって、「人参」と書くんですから。

『徒然草』の時代、「二つづつ」と読んだ読者はすぐに、二本の大根を思い浮かべたと思います。常識が違うのですから。大根が、自分の薬効を信じて毎朝食してくれた人の危急に際し、人間に形を変えて助けに現れたという報恩譚として読んだのです。

更に兼好は、この不思議な話が信じられるように、二つの伏線を張っています。それが「筑紫」と「押領使」です。筑紫は言うまでもなく九州で、ある時には九州北部を限定することがありますが、いずれにしても都から遠く離れた僻遠の地を舞台としています。そんな遠くの地なら、こんな不思議なことがあってもおかしくはない、と思えるでしょう。また、「押領使」は、平安時代に令外の官として制定された臨時の官職で、兼好の時代にはもう存在していないのです。ということは、この話、とても古いお話になります。

自分の所で穫れた大根を教室に持って行って、これまで書いてきたような説を披露しました。生徒諸君はとても納得してくれたようでした。なぜなら、人間の形をした大根が現に目の前にあったのですから。

（2）『鎌倉大草紙』から説経『小栗判官』へ

熊野は古《いにしえ》から不思議な聖性を持った土地であった。

まず『日本書紀』神代巻に次のように現れる。

伊弉冉尊《いざなみのみこと》、火神を生む時に、灼かれて神退去《さ》りましぬ。故、紀伊国の熊野の有馬村に葬りまつる。土俗、此の神の魂を祭るには、花の時には亦花を以て祭る。又鼓《つづみ》吹《ふえ》幡旗《はた》を用て、歌ひ舞ひて祭る。〔一〕

『日本書紀』神代巻は、本文のほかに、いくつかの一書があるのが普通だが、この記事は、第五の一書の全文である。熊野に関する記事が重視されていた証左であろう。この有馬村は、熊野市有馬の海岸に比定されている。

また、神武紀では、熊野は次のように現れる。

神武軍が、熊野のミワの村にいたった時、暴風に遭う。神武《じんむ》の兄である、稲飯命《いなひのみこと》は、剣を抜いて海に入り、サヒモチの神になったという。また、もう一人の兄である三毛入野命《みけいりののみこと》は、浪の穂を踏んで、常世郷に行ってしまった。神武は、皇子手研耳命《たぎしみみのみこと》と共に、熊野の荒坂津という所で、丹敷戸《にしきと》畔《べ》という者を殺した後、神の毒気に当てられて、神武を始め全軍がことごとく意識を失う。そこに、熊野の高倉下《たかくらじ》という者が居て、夢に、天照大神《あまてらすおおみかみ》と武甕雷神《たけみかづちのかみ》が話をしていて、神武を助けるために、剣を下すという。果たして、目覚めて倉を見ると、剣を見つけ、神武に献上する。それを受けた神武は、目を覚まし、士卒たちもまた目覚めて立ち上がる。その後は、順調に、行軍を続けるのである。〔2〕

夢告による、霊剣説話の形を取り、神話的構造としては、二人の兄が象徴する稲・食物の威霊が遊離した結果、神武の力の衰微が起こり、高天原の権威のもと、再び、威力を取り戻すという内容を表している。

それがなぜ熊野なのか。熊野の高倉下とは何者なのか。興味は尽きないが、ここでは、熊野がそうした「死と再生」のイメージを持っていることを確認しておきたい。

中世に行われた説経節の『小栗判官』は、五説経と呼ばれるものの内の一つで、照手姫《てるてひめ》との哀話で有名だが、話の内容は、おおよそ次のようである。

大蛇と契った廉《とが》で、常陸国に流された小栗《おぐり》判官は、豪族横山《よこやま》氏の一人娘照手姫が絶世の美女と聞き、横山一門の承認も得ずにこれと契ってしまう。これを知った横山は激怒して、小栗を人喰い馬鬼鹿毛の餌食にして殺そうとするが、小栗はこれを乗りこなし、失敗する。しかし、横山は再び計略を用いて、小栗を始め、一行すべてを毒殺する。横山は、照手姫をも淵に沈めようとするが、従者のはからいで、輿《こし》のまま流され、人買いの手に渡り諸国を転々とした後、ついに、青墓の宿（現在の岐阜県）の長者に買い取られ、常陸《ひたち》小萩《こはぎ》と呼ばれて下の水仕として激しい労働を強いられる。

死んだ小栗は餓鬼身として蘇生《そせい》し、藤沢の上人によって土車に乗せられ人々の慈悲にすがって、熊野に運ばれる。途中それとは知らず、照手姫も、その土車を引くのだが、結局小栗は、熊野湯の峰の湯を浴びて元の身に復活する。これが機縁となって、小栗は照手姫と再会して、横山に復讐《ふくしゅう》する。

説経が盛んに行われたのは、江戸時代の初期だが、説経が説経らしくその特色を発揮しだしたのは、一五世紀の末ぐらいのことであろう。『小栗判官』の冒頭にも末尾にも、この作品の主人公、小栗と照手姫はそれぞれ墨俣《すのまた》の正八幡と契り結びの神として祭られているという記事がある。つまり、説経は、現在神として祭られている二人の、神になる前の姿、つまり本地についての物語となっているのである。

実は、この物語の一部を形成するお話が、古く『鎌倉大草紙』という書物に載っている。

この『鎌倉大草紙』、成立年は未詳だが、最終記事が文明一一（一四七九）年で、この年以後、室町末期頃までには成立していただろうという。康暦元（一三七九）年における鎌倉公方足利氏満《あしかがうじみつ》の京都討伐計画と管領上杉憲春《うえすぎのりはる》の諫死《かんし》事件に始まり、文明一一年、太田道灌《おおたどうかん》が千葉孝胤《ちばたかたね》の臼井城を攻略したことに至るまでの百年間の関東の戦乱を描いている。基本的な述作態度は、史実を忠実に叙しており、室町前期の関東の政治情勢を伝える数少ない資料である。翻刻されているものはいくつかあるが、本論では、群書類従・第二〇輯・合戦部所収の本文を使った。

小栗関連記事の始まりは、応永三〇（一四二三）年の小栗孫五郎《おぐりまごごろう》平満重《たいらのみつしげ》の謀反の記事である。あくまで史実として語られている中に、小栗説話が挟まれる。満重の子、小次郎《こじろう》が相模で強盗の集まるところに宿を借りた。金を持っていそうな小次郎を見た盗賊たちは、酒に毒を入れて殺そうとする。集められた遊女の中の照姫は、小栗に毒入りであることをこっそりと伝える。酒宴の席から、何気ない風を装って外に出た小栗は、盗賊が盗み、乗りこなすことができないまま繋いであった鹿毛の馬に乗り、藤沢の道場へ逃げ延びる。上人はそれを哀れみ、時衆二人をつけて、小栗を三州へ送る。盗賊は遊女を川に流し、更に小栗を捜すが見つけられない。照姫も流されたが、毒を飲んでいないので、川下で岸に上がり、一命を取り留める。その後、永享（一四二九－四一年）の頃に、小栗はその遊女を見つけだし、盗賊どもをも退治して、代々三州に住むという。

年代を付し、史実であるかのように語るが、どうであろうか。

説経節『小栗判官』との共通点は、以下のごとくである。まず、（イ）登場人物が小栗と照姫であること、（ロ）小栗が毒殺されるという要素が入っていること、（ハ）荒馬、しかも鹿毛の馬を乗りこなすということ、（ニ）藤原の上人、つまり、時宗との関連が指摘できること、等である。

もちろん、二つの物語には、大きな違いも、また存在する。説経節『小栗判官』では、小栗が一度は毒殺され、冥界まで行きながら、餓鬼身となって蘇生する。いわば、説経『小栗判官』が持つ苦難の要素が、前者には欠けていよう。また、一度は殺されかけた照手姫が、青墓の宿に身を沈める話柄もなく、小栗が、熊野の湯の峰で蘇生する要素も欠けている。

本論では、これらが、どのような機縁で、説経に取り込まれたのかを考えてみたい。

まず、共通する要素について考えてみる。小栗は、盗賊でさえ乗りこなせない荒馬を乗りこなし、説経では、横山が小栗を殺そうとした人喰い馬、鬼鹿毛をてなずけてしまう。小栗一族が持つ職掌に、これは関連しよう。古くから、北関東一帯は、牧が多く、優良な馬の産地として名高い。それは、中世になっても同じで、例えば、相模の国の大庭氏《おおば》は、御霊神祭祀を司り、牧をも経営していた。小栗一族は、その大庭氏と関係がある。

また、両者とも、藤沢の上人との関連を語るが、これは時衆文芸の一つとして、時衆の人たちによって、語られていたことを推測させる。藤沢道場とは、現在神奈川県藤沢市にある時宗総本山清浄光寺を指していて、藤沢の上人とは、そこの住職をいうからである。

そこで、思い至るのは、時宗の開祖、一遍《いっぺん》と熊野とのつながりである。

文永一一（一二七四）年の夏、熊野岩田川に沿う中辺路《なかへじ》を、一遍一行四人は、熊野に向かって歩いていた。その途中一人の僧に出会う。その僧に、一遍は念仏札を手渡そうとした。僧はいう。「いま一念の信心おこり侍らず、うけば妄語なるべし」と。一遍は、「仏教を信ずる心おはしまさずや」と問う。僧は、経典は疑わないが、信心は起こらないと答える。衆人環視の中での、この宗教的難関を、一遍は、「信心おこらずともうけ給へ」と、無理矢理に押しつけて切り抜けたという。

その後、夢に、熊野権現が現れ、「一切衆生の往生は南無阿弥陀仏と決定《けつぢやう》するところ也。信不信をえらばず、浄不浄をきらはず、その札をくばるべし」と示したという[3]。

道で出会った僧は、熊野権現の変化《へんげ》した姿であった。熊野権現の神勅を授かったあと、一遍は、いよいよ他力本願の深意を了解し、自らの生きる道を体得した、いわば、宗教的一大転機をもたらした出来事であり、場所であった。もちろん、これは、『一遍上人絵伝』にも描かれている有名な場面である[4]。

時衆の徒によって語られた初期『小栗判官』は、時宗の開祖、一遍上人にゆかりのある熊野にまで、その活動範囲を広めたのである。

『鎌倉大草紙』に登場している照姫は、説経では、照手姫と名を変える。「照手」とは、「照天」ではないのか。神に仕える巫女の名としてふさわしい。あるいは、「照日」とも考えられる。『当麻寺縁起』に登場する中将姫は、照日の前とも称する。折口信夫によれば、「照日の前」の名は、熊野神社に仕えた巫女の名であるというからである。〔5〕

熊野の信仰を全国に拡布するに与った熊野比丘尼の存在を髣髴《ほうふつ》とさせる名前である。

しかし、彼女が毒殺を免れ、行き着いた先が、青墓の宿というのにはどんな意味があるのか。

青墓の宿は、現在の岐阜県大垣市青墓町にある。平安末期から鎌倉期にかけて遊女や傀儡師《くぐつし》のいる宿として著名であった。後白河《ごしらかわ》院によって編まれた『梁塵秘抄』には、青墓の遊女さはのあこ丸《まろ》・目井《めい》・乙前《おとまえ》などの歌う今様が収められている。乙前は後白河院の今様の師という。もちろん、こうした場で、説経が、その形態を徐々に形成していったであろうことは、想像に難くない。

だが、私には、青墓の語が持つ象徴性に注目したい。

谷川健一は、その著『日本の地名』で、古代の豪族多氏の足跡をたどりながら、「オウ」「オホ」「アオ」の音を持つ地名の共通性について言及している。沖縄に始まり各地に散らばる「アオ」の地名を精査して、そのいずれもが、かつての埋葬地であったことを突き止める。そのひとつに岐阜県の青墓があるが、ここは、この地域の中でも、古墳の集中するところであり、『古事記』にいう「美濃の喪山」に比定されているともいう。

アオに限らず、この青墓の宿は、ご丁寧に「墓」の字まで含んでいる。墓所であることが強調されているということは、照手姫もまた、ここで一度は、死んでいたのではないか。あたかも、小栗が、一度は、毒殺によって殺され、餓鬼身となって蘇生したように、照手姫もまた、再生のイメージを担っていよう。

『鎌倉大草紙』で、遊女と語られた照姫は、説経『小栗判官』では、夫である小栗に操を立てて、青墓の長者の、遊女として働くよう再三の誘いにも、頑として首を縦に振らず、一六人分の下の水仕の労働に従事させられてしまう。まるで、死ねとでもいうような、激しい労働である。『鎌倉大草紙』では、照姫は、毒を飲まず、川に流されて助かる。だが、他の遊女たちは、死んでいるのだ。『鎌倉大草紙』から、説経『小栗判官』に成長する過程で、「死と再生」のイメージが大きく膨らんでいる。小栗の死と再生は、まさに、書かれたままの姿で、強調されているが、もう一人の主人公である照手姫も、殺害を免れ、青墓の宿という死を想起させる場所で激しい労働に従事し、小栗とともに、まさに死と同じ経験をする。そして、小栗の土車を押すことにより、やはり、「死と再生」を象徴する熊野で、幸せを取り戻すのである。

説経『小栗判官』は、『鎌倉大草紙』に書かれている初期小栗物語に比べて、再三いうようだが、「死と再生」の要素が強調されている。まさに、これこそが『小栗判官』の真骨頂であるとすれば、『鎌倉大草紙』にない青墓の宿や、熊野が登場するのは必然の結果だったといえよう。

（一九九七年）

4　昔話読解

（1）お月さんいくつ　十三七つ

きっかけは、次の歌に疑問を持ったことによる。

お月さん幾つ　十三　七つ
まだ年ァ若いね　あの子を生んで
この子を生んで　誰《だァれ》に抱かしょ
お万に抱かしょ　お万どこへ行た
油買いに茶買いに　油屋の前で
辷《すべ》ってころんで　油一升こぼした
その油どうした　太郎どんの犬と
次郎どんの犬と　みな舐《な》めてしまった
その犬どうした　太鼓に張って
鼓《つづみ》に張って

あっち向いちゃドンドコドン
こっち向いちゃドンドコドン
たたきつぶしてしまった〔1〕

であった。

ニコライ・ネフスキー著「月と不死〔2〕」を題材に、月をめぐる民俗について授業を進めている時であった。

月の中で兎《うさぎ》が餅を搗《つ》いているという俗信は、生徒の中にあっても、一般に広まっていたが、ネフスキーの指摘する、月の中には桶《おけ》を担いだ一人の男がいる、という考えは、初耳のようであった。その解説の中で、男が担いでいる桶の中には、若水《おちみず》という不死の薬が入っているんだよ、と言ったところ、生徒の一人から、どうしてそれが分かるんですか、という質問が出たのには驚かされた。そうした質問が出るところに、民俗的発想の欠如が見られるのであるが、かえって、こうした題材を授業に取り入れたことを、良かったと思えるようになったのである。

月の民俗をめぐっては、「月と不死」に載せられているもの以外にも、例えば、『万葉集』の、

目には見て　手には取らえぬ　月の内の
楓《かつら》のごとき　妹をいかにせむ〔3〕

の如き「桂」、月の影ではないが、

児謡に、兎兎何視てはねる、十五夜のお月さまを観てはねると云ふ。是兎の月を好を云ふにや。或云、兎を月下に置ば変じて水となると。信なりや否。[4]〔…〕

といった話を紹介した。これらの俗信について、その由来を解き明かす手だては、皆無に等しく、生徒には、紹介にとどまったが、「月の中の兎」については、仏典と、石田英一郎氏の著した「月と不死」[5]を手がかりに、なぜ、月と兎が結びつくかを考えていった。石田氏は、

先の例では人間に不死を教える使者となった兎を月中の存在とする観念も、またこの動物の習性に由来するものらしい。元来幾多の民族にあっては直接間接に月と関係づけられる動物は、前記の蛇のように脱皮をくりかえして生まれかわるものでなければ、蟾蜍《ひきがえる》、熊、兎、犬、猪、鼠など、多くは冬眠により、もしくは穴居によって、隠れてはまた現われるという種類のものが多い。[6]

とし、他の動物といっしょに考えているせいもあろうが、兎の穴居と、月の盈虧《えいき》消長との「隠れてはまた現われる」点の共通性に、その結びつきを求めていた。だが、これだけでは、どうしても私自身も、生徒たちも納得できず、「この動物の習性に由来する」という前提のもと、兎の習性を列挙していったところ、夏と冬で、毛の色が変わるという点を指摘し得た。それは蛇や蟹《かに》の脱皮と

同じことではないか。ネフスキーが「月と不死」の中で挙げた、沖縄の蛇や蟹の話も包含した解答を得られたのであった。

　月の民俗に関する前記の資料は持っていたものの、月と兎の結びつきに対する解答は用意していなかった。それが、生徒とのやり取りの中で、結論自体は平凡なものの、私も、多くの生徒も納得できる形で、決着がついたと喜んでいた。そうした時であった、冒頭のわらべ歌に出会ったのは。「十三七つ」というのは、何なのか？

　この歌の文献上の初見は、行智編『童謡集』である。この本は、文政三（一八二〇）年頃に作られたといわれ、内容から見て、宝暦・明和年間（一七五一～七二年）の童謡を集めたものとされている。だが、この歌の「朱書」によれば、慶安四（一六五一）年の『俳諧崑山集』という本に、すでにこの句が見えるという。わらべうたや童謡の類は、文献上の初見にとらわれることなく、その前史を考えるべきだと思うが、今は、その成立時期に拘泥している暇はない。

「十三七つ」と、二つの数字を並べたのはなぜなのか。これは、月の年齢を表しているのか。あるいは、他のことを言っているのか。

　この類の歌における数字のヴァリエーションについては、国文学者の真鍋昌弘《まなべまさひろ》氏が、次のように言っている。


　これ（日本全土の分布地図…引用者注）を見るかぎりでは、㈠　十三七つ型の中にまじって、十三一つ型が、長野に一部分ある他は、畿内にかたまっていること、㈡　十三七つの型の中にまじって、十三九つ型が近畿以西の西日本と東北にかたまっていて、日本の両端に見うけられること。㈢　十三九つの型が、なかでも瀬戸内海沿岸の地帯に一様に見うけられること、などがあげられる。わらべうたの伝承伝播ということで、今後考慮されるべきであろう。〔7〕

柳田國男《やなぎたくにお》が、「蝸牛考」の中で明らかにした「方言周圏論」に基づけば、十三九つ型が一番古く、十三七つ型が一番新しいということになる。

「方言周圏論」というのは、文化の中心地に発生した新語が、波紋のように周囲に広がり、古語を次第に辺境におしやって、その結果離れた地に語の一致が見られるという理論のことをいう。「周圏論」にこだわらなければ、十三七つ型をもとにして、十三九つ型・十三一つ型を縁辺部の変異体とすることができる。

十三七つが、何を意味するかについては、従来多くの説が提出されている。現在、最も妥当な見解とされているものは、月齢とする説と、娘の年齢とする説の二つである。前者の説の代表としては、相馬大《そうまだい》氏のそれがある。氏は、『京のわらべ唄』の中で、十三夜の七つ刻の月という意味であるとし、子供たちが十五夜の月を待ちきれず、十三夜の月、しかも夕方の月に向かって歌いかけ、月と問答した形になっている、と解している。〔8〕また、浅野建二《あさのけんじ》氏は、『日本歌謡の研究』（東京堂）の中で、十三という数が固定していることから、九月十三夜、俗にいう豆名月の行事に結びついているのであろうとされた。〔9〕

後者の娘の年齢説は、伊波普猷《いはふゆう》氏の次の論文に示されている。

> 今一つ面白い例をあげると内地で子供がよくうたう「御月様いくつ十三七つ（まだ若いな）」といふ歌である。この歌はどんな古老に聞いても其意味のわかる気遣ひはないが古くは何か意味があつたのであらう。ところが長い歳月の間にその原形がくづれて今日のやうな形になつたに相違ない。八重山島のチヨンガ節はその原形をほのめかしてゐるのである。
>
> 月の美《カイ》しや十三日《トヨカミカ》　乙女美《ミヤラベカイ》しや十七歳《トヲナナツ》
>
> なんと面白い歌ではないか。琉球群島はさながら天然の古物博物館である。[10]

この歌は島袋全発《しまぶくろぜんぱつ》氏の『沖縄童謡集』に収録されていて、広く知られるようになった。[11]これによれば、月の美しいのは十三夜であり、少女の美しいのは十七歳だ、というのである。「まだ年ァ若いね」と続くのも、これなら納得できる。

これらの有力な二説に対して、その後更に、金関丈夫《かなせきたけお》氏、井本英一《いもとえいいち》氏も、この歌に言及しておられる。金関氏は、この歌は、お万、油、犬の三つが登場しているが、その様々な形の例を挙げ、更には、海外の台北地方や広州、福建、北京の類歌を挙げ、中国からの影響の可能性を指摘し、「明らかに南方型」とし、「南中国から長崎あたりに伝わり、それが次第に日本全国に拡まったものと考えて、差し支えないであろう。[12]」という。

また、井本氏は、その金関氏の論を受け、穀霊の死と再生の儀礼に結びつけている。[13]

これらの様々な説を取り上げながら、授業を進めていった時、思いがけず、生徒から、一つの資料を得ることができた。彼は、近くに住む人から、昔話として、十三七つの理由を聞いたというのである。さっそく、関敬吾《せきけいご》氏の『日本昔話大成』（角川書店）を開いてみた。「鬼と三人兄弟」がそれであった。関氏の注によると、いくつかのモティーフが結合しているという。一、母親が仕事に行って途中で山姥《やまんば》（鬼、鬼婆、狼《おおかみ》、虎）に食われる。山姥は母親に化けてきて、兄弟らを欺いて家に入る。二、山姥の母は末子を食う。兄弟がほしがると指を切ってやる。三、兄弟は母が山姥だと知って逃げ、池の端の木に登る。山姥は池の兄弟の影を見て笊《ざる》ですくう。四、山姥が追いかけて木に登る。兄弟は天から綱を下ろしてもらい天に上る。山姥がまねると腐れ綱。上る途中で切れて死ぬ。兄弟は太陽と月になる。

関氏が載せる類話中、徳島県三好郡のものは、次の通りである。

> 爺婆と十三と九つになる孫。爺と婆が孫の留守に粥を煮ていると、鬼が来て粥も爺婆ものむ。孫たちが帰るとのむというので、油を持って門の松に登る。鬼が追ってきたので油をかけると鬼は登れない。油が減って困っていると、天から綱が下りてきて姉と妹は上る。二人はお月お星になる。それで「お月さん年なんぼ、十三九つまだ年若い」というようになる。[14]

もう一つ、広島県呉市の例。

> 母親と二人の兄弟。兄は十三、弟は七つ。母親が夜、行灯の油買いに行く。今もどったという

から兄弟が行って油を取ろうとすると毛もぐれの手である。夜中に見ると油買いに行った母親を食い殺した狼である。兄は小便に行きたいといって逃げ、木に登る。兄弟を助けて下さいと祈っていると弟も逃げてきて木に登る。狼は兄弟を食おうとして追いかけてくる。天から細引が下りてきて二人は助かる。天道の神は兄弟を月にする。それで「お月さんなんぼ、十三七つ」というようになる。[14]

「お月さんいくつ」とは結びつけていないが、姉妹の年齢を明記しているものに、福岡県の例がある。十三と九つとする。非常に多くの類話の中で、「お月さんいくつ」と結びつけている例は、この二つだけなので、本来的な関係ではないかも知れない。しかし、この話の多くの類話で、「油」が出てくることには興味を抱いた。

この話型で、山姥は油で滑って木に登れない。わらべうたの中で、滑って油をこぼしたのは、「お万」であった。あるいは、山姥の代わりに狼の出てくるものがあるが、それは、わらべうたの中の「犬」と関連性があるのか。

いずれにしても、生徒の指摘で見つけ得た昔話が、「お月さんいくつ、十三七つ」の解釈の一助となれば、と思っている。

（一九八四年）

（2）「大工と鬼六」読解

近年（執筆当時、一九八三年）、諸外国で、構造主義的な立場に立つ研究が盛んであり、それは、ロラン＝バルト『物語の構造分析』、ウラジーミル・プロップ『昔話の形態学』等に結実しているが、日本でもようやくそうした視点による昔話の研究が手がけられるようになってきている。小松《こまつ》和彦《かずひこ》氏の一連の研究[1]が、その現状を何よりもよく表しているし、昭和六〇年に刊行された『日本昔話研究集成』全五巻のうち、第一巻の「昔話研究の課題」という項目が書かれているのを見ても、そうした研究方法の広がりが納得させられる。

また、言語学・記号論的な立場からの民話に対する言及がなされ始め、特に池上嘉彦《いけがみよしひこ》氏の記号論的研究[2]は、大変啓発される。

このテーマを抱いて授業をする場合、一つには、現代思想の先端である構造主義的・記号論的考えの一端を生徒に紹介することができよう。それによって、言葉や文化・民俗などの方面への興味を喚起したいのだ。また、普段何気なく聞き流しているような昔話にも、日本文化の基底を支える思想が脈打っていることを知らしめることになると期待してもいる。更に、古典作品のみでは得られない、通時的なものの考え方を教える一助にもなろう。そうした側面を考えながら、このテーマを選んだのであった。

「大工と鬼六」の類話は、現在わずかに五話しか知られていない。それも、山形と岩手の両県に伝承されているのを見るのみである。柳田國男《やなぎたくにお》の『遠野物語』との関連でよく知られている佐々木喜善《ささきぜん》が採集した話を次に掲げよう。

ある所に大変流れの早い大川があった。なんぼ橋を架けても忽ち流されるので、村の人達も困っていた。いろいろ寄合いで協議をしたあげく、近郷で一番名高い大工に橋架けを頼むことにした。

その大工は腕前がよかったから、ウンと返辞をしたが、内々心配でたまらなかった。それで橋を架ける場所の淵の岸へ行って、つッつくぼ（うずくまって）してじっと流れる水を見ていた。すると水面に泡がブクブクと浮かんで、ブックリと大きな鬼が現われた。そして、この辺での名高い大工どん、お前は何を考えて居れァと言った。大工は、俺は今度ここへ橋架けを頼まれたから、それでどうかして立派な橋を架けたいものだと思って、こうして考えていると言うと、鬼は笑って、お前がいくら上手な大工でもここサ橋は架けられない。けれどもお前の眼玉をよこしたら、俺がお前に代ってその橋を架けてやってもいいと言った。大工は俺はどうでもよいと言って、その日は鬼に別れて家に帰った。

大工が次の日川へ行って見ると、橋が半分架っていた。またその次の日行って見れば橋がもはやちゃんと立派に架け上っていた。魂消《たまげ》て見ていると、そこへ鬼が出て来て、サァ眼玉アよこせッと言った。大工は待ってケロと言ってあてもなく山の方サ逃げて行った。そしてあちらこちらと歩いていると、遠くの方から童衆《わらし》ドの唄を歌う声が聞えて来た。

早く鬼六ア
眼玉ア
持って来ばア
ええなア――

大工はそれを聞いて、本性に返って家へ還って寝た。その次の日大工が川へ行くと、鬼が出て来て早く眼玉アよこせッと言った。大工がもう少し待ってケロと言うと、鬼は、お前がそれ程俺に眼玉をよこすのが厭だら、俺の名をアテてみろと言った。大工はよしきたお前の名前はナニソレだと、わざと出まかせを言うと、鬼は喜んで、そんでアない、なかなか鬼の名前が言いアテられるもんじゃないと言って笑った。大工はまたナニソレだッと言った。ウンニャ違うと鬼は言った。大工はまたナニソレだッと言った。鬼はウンニャ違う違うと言った。大工は一番おしまいにえらく大きな声で、

鬼六ッ

と叫んだ。そうしたら鬼はポッカッと消えて失くなった〔3〕。

（以下、この話を類話Iと称す）

一読して、何となくほのぼのとした感じを抱かせる話である。本来超自然的存在である「鬼」が、

名前をあてられることで消えてしまう。しかも、それまで誰一人として架けることのできなかった立派な橋を残してである。あるいは、そうした感じは、鬼の名前を童謡が教えてくれたということに一因があろうか。子供たちにとって、鬼の名前など周知のことであったということで……。または、いかにも重要な事柄が、自らの周囲にさりげなく置いてあることへの驚きとでもいうべきであろうか。

だが、実際に眼玉をやるはめに至ったとしたら、その暖かい感じなど吹き飛んでしまうだろう。主人公は、一つの難題を与えられて、それを見事に解決したともみられるのだ。その名前たるや「鬼六」とは……。日本の古典作品に登場する鬼は、『出雲国風土記』の「目一つ鬼」[4]に始まり、名前を持たないのが普通である。わずかに『御伽草子』の「大江山」に登場する「酒呑童子」と、その一党に使われる「○○童子」型の名前が知られるのみである。それに比して、何と怖さのない名前であろうか。それだからこそ、子供の唄にも歌われるのであろうが。

魅力あるこの昔話を語りつくすことは、なかなかできないが、以下、この話の二つの側面、「架橋」と「名あて」に照明をあてながら、話を進めていきたい。

類話を手掛かりとして論を進める以上、特に先に挙げた『聴耳草紙』中の本文とは違う内容の類話を次に挙げたい。

庄屋殿と鬼六マァ

昔、昔。ある所《ど》さ、大川《おオがわ》あったけド。

何様《なじヨ》も橋架げらんねくて、村の衆達《したず》ァ、渡舟《わだす》で川渡って居《え》んならけド。其《ほ》のワダスァ何程《なんぼ》こさえでも一年と経《も》だねで、きまって川さ埋《んま》って、ワダス人《と》も村の人《しと》も、みな見《め》ねぐなんならけド。

庄屋殿《どの》ァ「さでさで困ったごんだナ」どて、川端さ出わって、新《あだ》らすえワダスば案事《あずこど》して居《え》だら、川の底がら、いぎなり大《お》っけ鬼ァ、ボワッと出わってきて、「これゃ庄屋ッ。また新らすワダスこさえだがッ。俺《おれ》ァ、また、ワダス人の尻子《けッつご》ば呑むえべァ良《え》がったごだ。もすも、オレな名《なァ》ばあでがすごとでエだらば、ワダスば転覆《むぐ》さねよえすんが、何《な》じェら、庄屋ッ」って、問い口《ぐず》たてだけド。

「ほうが、ほうが。ほの約条ば守らば、オラ、鬼の名ばあでがすべァ、きっと」って、庄屋殿ァ約束して家さ来たけド。「さでさで、何《なん》と困ったごんだちゃ。なじェして鬼の名なの、わがんべァ」どて、庄屋殿、困り果でで、夜《よ》ん間《ま》、川端さ出わって見だらば、鬼の童《わらす》コら、河原《から》さ出わってきて、

わァえわェ　オラ家《え》の鬼六父《おにろぐま》ァ
早々《ぐく》と　庄屋の尻子《けッつご》ば
抜《ぬ》えで来《こ》ば　良《え》ェちゃなァ

って歌って、踊りコすったけド。

これァ幸い。庄屋殿、この歌コばこっそら聞いで、えよえよ、十五夜の晩なったけド。

庄屋殿、何も案事《あずこど》なえさえ、早々ど川端さ出で、鬼ば待ででだけ、月の出《で》、川の底がら鬼ァ、ブグブグ出わってきて、「何《なん》たァ庄屋ッ。オレな名ばあでがすごと、でッか。ほれとも、オレさ汝《うさ》な尻子《けッつご》寄ごすがァ。なんたッ」ってゆうけド。

庄屋殿ァ「なんたも、かんたも、なえっちゃ。この鬼六父《ま》ァッ」って叫《さが》んだらば、鬼ァ、ペタペタど溶《と》げで、泡《あわ》ぶぐえなってすまって、二度ど出てこねぐなったドワア。ドンビン、サンスケ、赤剝《あがむぐ》れッ[5]。


（以下、類話Ⅱと称す）


「類話Ⅰ」では、「橋架け」が、一つの大きな要素となっている。話のすべての発端ともいうべき機能を果たし、それとの交換で、眼玉や名あての要求ができているからだ。流れの速い川に橋を架けることの困難さは、現在であっても、容易に想像することができる。

古代から架橋は、交通路確保のための大規模な技術、労力を必要とされるもの以外は、多く僧侶の指導によってできた。飛鳥〜奈良時代の道昭《どうしょう》、行基《ぎょうき》、平安〜鎌倉時代の俊乗坊重源《しゅんじょうぼうちょうげん》、鎌倉極楽寺の忍性《にんしょう》の名が有名である。江戸時代になると、中央集権的国家の誕生で、幕府の手による架橋工事が、次々と行われるようになった。

この「橋架け」について、『日本昔話事典』は、この鬼は、「川を支配する水の神の零落した姿と考えられよう。水の神が、橋をかける時に何らかのいけにえを求めることは長柄の人柱伝説などにも共通する」[6]とする。

日本の川は急流が多く、架橋には相当の困難が伴っていた。また、架橋後、それを維持するためにも多くの力を注がねばならなかった。そこで、橋のたもとに水神をまつり、その加護を求めた。そのために、橋を作る際、人柱になった人をその後神として祀るというものである。

だが、この鬼が本当に水の神の零落した姿なのであろうか。「類話Ⅰ」では、鬼は川から現れ、「ポッカ」と消える。「類話Ⅱ」では川の底から「ボワッ」と出て、「ペタペタど溶げで、泡ぶぐえなってて」しまう。だが、『日本昔話大成』で、同時に紹介されている山形県上山市の例では、名前をあてられた鬼は、山に逃げてしまう。また「類話Ⅰ」では、大工は山の中で鬼の子供たちの唄を聞いて鬼の名前を知ることになる。このように、この鬼は、水の神としての特徴をそれほどはっきりとは有していないのだ。ましてや、我々が水の神にもっているイメージは、河童《かっぱ》や蛇《へび》、龍であることを思うと、鬼が水の神であるとは思えなくなってしまう。

また、長柄を代表とする人柱伝説においては、水の神は登場することがない。人柱伝説の骨子は、『日本昔話大成』[7]によると次のようである。

1、架橋（堤防）工事をするが橋が架からない。ある男（女）が袴（着物）に横つぎのある者を人柱にすればよいと提案する。
2、提案者の袴に横つぎがあったので、その人が人柱になる。
3、人柱になる時に、一人娘に口を利いてはならぬと遺言する。

4、娘は嫁入りして口を利かずに離縁される。家に帰る途中、雉の鳴き声を聞いて「雉も鳴かずばうたれまい」といったので、理由がわかって連れ戻される。

ここでは、一度も水の神などは姿をみせていない。従って、この話型では、水神が何かの代償として要求することもあり得ないということになる。

人柱伝説とのつながりが希薄になった今、それではこの「鬼」は一体何かと問わなければならない。一言でいえば、「異類」である。あるいは超自然的存在である。水の神というい方と比べれば、随分曖昧な定義づけであるかも知れない。しかし、もともと橋というのは、他界との重要な通路ではなかったか。同様なものとして旅人が手向けをしながら通る「峠」があるが、橋が別の世界への通路であるからこそ、亡霊が現れたり、将来の行く末を告げ知らせてくれる場所であったり、避難所（アジール）としての機能を果たしたりするのではないか。

昔話「味噌買橋」では、

1、男がある橋の上に立っていると宝物を発見するという夢を見る。
2、橋の上に立ったが宝物はない。他の男がたずねるので夢の話をする。
3、彼はある場所（最初の男の家）の木の下に宝物が埋まっている夢を見たが、そんなことは信じられないという。
4、最初の男は家に帰って木の下を掘って宝物を発見する。〔8〕

のように、橋の上で自らの致富を手に入れ、平安時代末から鎌倉初期にかけて成立したとみられる『撰集抄』の「仲算大徳空也上人浄蔵貴所事」の項に、

浄蔵、善宰相のまさしき八男ぞかし。それに八坂の塔のゆがめをなほし、父の宰相の此世の縁つきてさり給ひしに、一條の橋のもとに行きあひ侍りて、しばらく観法して蘇生したてまつられけるこそ、つたへ聞くにもありがたく侍れ。さて、その一條の橋をば戻り橋といへる、宰相のよみがへる故に名づけて侍り。[9]

とあるように、浄蔵が死んだ父をこの世に呼び戻した場所として、橋が語られているのである。説経節『山椒太夫』で、母と子二人が、一夜の仮宿をしたのも橋の下であった。[10] これらの例が明らかにしているように、橋が他界との通路であるならば、この「鬼」は異類であるだろう。架橋は、そうした異類と人間との間の架橋、つまり文字通りの「橋渡し」の役割を担っているのだ。

人間界では、大川を渡る橋を求めていた。鬼は、人間界とのつながりを求めていた。鬼は大工の眼玉を要求しながら、実は、人間界とのつながりを求めていたのである。橋を架けることがそのつながりを得ることであったが、もちろんそれだけで関係がつくわけでもないのだ。そこで初めて「名前」が重要性を帯びてくる。

日本では、上代から、ものの名を単なる符号という以上に、名と実体とが一つのものであると考

えられていた。一般に「言霊信仰」と呼ばれているが、人の名前についても、例えば、有名な『万葉集』の冒頭を飾る雄略《ゆうりゃく》天皇の歌とされている長歌においては、

籠《こ》もよ　み籠《こ》持ち　掘串《ふくし》もよ　み掘串《ぶくし》持ち　この丘《をか》に　菜摘《なつ》ます児《こ》　家聞かな　告《の》らさね　そらみつ　大和《やまと》の国は　おしなべて　われこそ居《を》れ　しきなべて　われこそ座《ま》せ　われこそは　告《の》らめ　家をも名をも

と歌われ、ここで名を問うことが求婚を表しているのだった。あるいは、実名を他人に知られるということは、当人の生命が薄れるとか、呼ばれれば呼んだ人の許に行かなければならないし、名に呪詛《じゅそ》を加えられると呪われて、傷つくとまで信じられていた。

平安朝の女性の名が、現在となってはほとんど知られていないのも、実名が記録されないことに、その原因を見出すことができる。

また、上代にあっては、子供の名前は、その母親がつけることになっていたらしい。『日本書紀』の神代下の第十段の第三の一書に、ヒコホホデミノミコトがトヨタマヒメに、

天孫就《ゆ》きて問ひて曰《のたま》はく、「児《みこ》の名《みな》を何《いか》に称《なづ》けば可《よ》けむ〔11〕」

と聞いているし、『古事記』垂仁記では、

天皇、其の后に命詔《みことの》りしたまひしく、「凡《おほよ》そ子の名は必ず母の名づくるを、何とか是の子の御名をば称《まを》さむ」とのりたまひき。[12]

とある。

名前に対する禁忌は、ひとり日本だけの現象に止まらず、ビルマのアカ族の男子は、みな実名と俗名を持ち、実名を公にすることはタブー視されており、日常はもっぱら俗名で呼び合うという。[13]つまり、みだりに実名を口にすると悪霊の攻撃目標になると信じられているのである。

逆に未開社会、近代社会を問わず、広くみられる行為の中に、出生直後の生児を人為的に殺す「嬰児《えいじ》殺し」と呼ばれるものがあるが、これも、こうした行為が行われる社会では、普通は生児に対し、命名その他特定の儀礼が完了するまでは完全な人間とはみなされないという考えがある故という。[14]非人道的な行為と考えられるこうした行為も、それなりの考えに立った社会的調節機能を有しているのである。こうした「嬰児殺し」は、日本の農村でも、明治時代までしばしば行われたものであるということを考えると慄然とさせられる。

それにしても、名前を持つ、名前を言う、名前をつけるということがいかに大きな意味を持つものと考えられてきたかが、改めて感得される。

命名について、池上嘉彦氏は次のように述べている。

例えば自分が飼っている犬に「ポチ」という名前をつけるとする。なぜ名前をつけるか――もちろん他の犬と区別するためである。では、どうして区別するのか――それはその犬が自分にとって他の犬とは違った特別の価値を持っているという認識があるからである。（人間に対する命名を考えてみれば、この点はもっと明らかであろう。人間には誰しも名前が与えられるが、犬はそうではない――これはもちろん大変理由のあることなのである。）特別の名前が与えられることによって、そのものが他でもって代えることのできないものであるという意味づけが完了し、自分との関連が確認されるわけである。[15]

「人間は誰しも命名される」と、「嬰児殺し」の記号論的根拠づけを述べているとも解釈されるが、大事なことは、命名が、他に代えることのできないものであること、つまり自分との関連が確認されるということだ。命名は関係づけであり、愛着の表明なのである。命名により、人間は今まで未知だったもの、無関係だったものを、自らのうちに取り込み、関係づけ、自分の世界に中に引き入れるのである。

そうした意味で、異次元の世界の住人である鬼に、名前などあるはずがなかったのだ。わずかに、他の異類との区別をする「鬼」という名称、また、その中の特徴を述べる「目一つの鬼」という言い方で充分であった。大江山の酒呑童子は、そうした中にあって、人間界とのつながりが濃厚であった。だからこそ、その大酒飲みという性向とともに「酒呑童子」という名前をつけられたのだが、その関わりは、完全にマイナス面に支えられたものであったのだ。「酒呑童子」の場合、名前をつけられることによって、退治されるべき存在としての性格が明白になったのだといえよう。

「大工と鬼六」の鬼は、橋を架けることによって人間界とのつながりを求めたと、先に書いた。「求めた」とみるのは、今まで縷《る》縷《る》として述べてきたように、鬼が自分の名前をあてるように要求したからだ。

柳田國男の『日本昔話名彙』で、「大工と鬼六」は、「言葉の力」の項目に分類されている。柳田の炯眼《けいがん》には、今更のように感心させられる、その中で同様に挙げられている昔話は、「化物問答」「蟹《かに》問答」「灰の発句」「子守唄内通」「ズイトン坊」である。そのうち、「大工と鬼六」のように、広い意味での難題譚としての性格を有しているのは、「蟹問答」ただ一つである。『日本昔話大成』に挙げられている例話でのその問答の中心部分は次のようである。


「おまえは何者じゃ」

ちゅて。こういわれたりゃぁ、化生の物が、

「四足八足大足二足横行左行眼天にあり」

こういうたそうです。

「おまえは、そしたら蟹やなぁ」

ちゅて[16]。


同じ名あてであっても、こちらの例は、単に化物の正体を当てるに過ぎない。蟹であってもいい

し、「化物問答」のように、狸《たぬき》でも狐《きつね》でもその構造は変わらない。正体が知られることによって、その霊威が消えることはよくあることである。

だが、「大工と鬼六」の鬼は、最初から、鬼としての姿を現しているのである。話は脇にそれるかも知れないが、だからこそ、鬼は、大工の「眼玉」を要求したのではないのか。源　順《みなもとのしたごう》の『倭名類聚抄』は、承平年間（九三一～九三八年）に撰進された日本最古の漢和辞書であるが、「鬼」の説明として、和名「於爾」、「鬼ハ物ニ隠レテ顕ハルルコトヲ欲セザル故ニ、俗ニ呼ビテ隠ト云フナリ」[17]とある。

『堤中納言物語』中「虫愛づる姫君」では、「鬼と女とは、人に見えぬぞよき」[18]とも書かれている。鬼は、人前では決して姿を見せることはないのだ。あるいは、だからこそ恐れられる存在であり続けていられたのであろう。「大工と鬼六」の鬼は、自分の姿を見た大工の眼玉を要求するのである。見られてはならない自らの姿をふたたび隠すために……。異類であり続けるためには、姿を見られてはならないのだ。

だが、この鬼は、大工に眼玉を要求すると同時に、自分の名あてをも要求する。機能的には、この二つの要求は矛盾している。一方は異類であり続けることを意図し、他方は人間界とのつながりを確固としたものにするというのであるから。こうした矛盾した二つの要求をする鬼のねらいは何か、といった時、やはり、鬼は人間界とのつながりを求めていたと思わざるを得ない。異類のままでとどまるのならば、人間が大川に橋を渡せないで困っていても、知らん顔をすれば済むことである。かえって、川におぼれる人間の「尻子を抜く」ことができてよかったはずなのだ。異類のままでとどまることをしないこの鬼を、恐れられる超自然的存在者の零落した姿と人はみるかも知れない。しかし、決してそうではないのだ。恐れられる存在は、また同時に慕われ、加護を期待される存在でもある。親しまれ、慕われる存在としての鬼が、人間界とのつながりを求め、その前提に立ってその人間界のために仕事を為す。その大きな要素が、「名あて」であったのである。

一度、交流をもった異類は、人間界から排除されてはならない。祀《まつ》られるか、再度の訪問を期待されながら他界へ去っていくか、いずれにしても、否定された存在のままにこの世を離れてはいけないのだ。

そのような意味で、私は、「類話Ｉ」の「ポッカッと消えて失くなった」を支持したい。この唐突さが、この異類の矛盾した言動を象徴しているように思えるからだ。橋を架け、大工の眼玉を要求しながらも、同時に、自分の名前をあてさせることによって、人間界とのつながりを求めた鬼は、それが達成されることで、かえって自分が異類であることを明らかにしてしまった。名前を言われることで、鬼の中のただ一つの「鬼六」として、他に代えることのできないただ一つの存在として意味づけられ、人間界との関連が確認される。それは同時に、「鬼六」の名が示すように、「鬼」であることを確認してしまったことにもなる。だからこそ、「ポッカッと消え」てしまったのだ。人間界とのつながりを望んだ「鬼六」にとって、この結果は、意外であったかも知れないが、不幸なことではなかったはずだ。逆に人間からみると、この鬼は、消えてしまったが、人間が困っている時には、再びその姿を見せてくれるであろうとの期待を抱かせる。

「大工と鬼六」における「架橋」と「名あて」について、その機能を追求してきた。この鬼を畏怖すべき存在の零落した姿と誰がいえよう。人間に奉仕し、人間界とのつながりを求める鬼は、その生きた時代の刻印を押されているのである。

佐々木喜善氏の『聴耳草紙』は、鬼について次のような話も載せる。

おっかない話とおかしい話と悲しい話とがあった。それは鬼がいたので、怖いと思っていると、その鬼が屁をひッたからおかしいので笑っていると、その鬼が死んでしまった、シけど……それで悲しかったということ。[19]

炉端で話される「鬼」は、徐々に民衆の心の中に育まれ、親しまれていったのである。

（一九八三年）

（3）捨て童子「金太郎」

山姥《やまんば》伝説をからませた、動物保育型の怪童伝説である金太郎の話は、「桃太郎」「浦島伝説」などと共に、広く人口に膾炙《かいしゃ》している話の一つであろう。あるいは、「金」の字を書いた腹掛けや、鉞《まさかり》、熊との相撲を想い浮かべ、後の坂田金時《さかたのきんとき》にまで思いを馳《は》せる人もあるかもしれない。あるいはまた、五月人形の中での姿を、強健と武勇の象徴として連想する人もあろうか。柳田國男《やなぎたくにお》は、「ことわざの話」の中で、「金時が火事見舞いに来た」を挙げ、「これは赤い顔をしているということです」と説明している。[1]「金時の醤油《しょうゆ》煮き」「金時の棒振り」といった格言もまた、金太郎の顔が赤いという属性を利用しているもので、どうやら、赤い顔というのも連想されるものの一つででもあろうか。「飴《あめ》の中から金太郎が出たよ」になると、すでに金時から離れて、金太郎飴売りの口上になってしまっているが。

　金太郎に関する物語や信仰は、『前太平記』『広益俗説弁』『信濃奇勝録』『和漢三才図会』『国学忘貝』『四天王大田合戦』『東海談苑』『本朝俗諺志』『聴松記』『南留別志』等に載っているが、いずれも公時、または金時の名で現れているという。[2] このことは、本来児童向きの物語ではなかったことを示唆していよう。金太郎の名は、文化六（一八〇九）年江戸中村座で上演された《邯鄲園《かんたんそのの》菊蝶《きくちょう》》に初めて見出されるという。[3] 古く、坂田金時の名は、大江山の酒呑童子を退治した源頼光《みなもとのよりみつ》の四天王の一人として著名であるが、『今昔物語集』『古今著聞集』『古事談』、御伽草子『酒呑童子』等には、金時の幼名のことは語られていない。《邯鄲園菊蝶》以前の『前太平記』では、「二十歳許の若者」を頼光が見出すとなっていて、公時の青年期から始まっている。寛文四（一六六四）年刊、浄瑠璃《瀧根悪太郎》になると、「名にしおいたる足曳の、山路を巡る山姥が頼光に奉りしその子也」とあって、子供として語られ始め、さらに正徳二（一七一二）年大坂竹本座で興行された近松門左衛門《ちかまつもんざえもん》作《嫗山《こもち》姥》では、明らかに子供となり、熊、猪《いのしし》と角力をとる条も出てきているという。[4]ただし、この《嫗山姥》でもそうであるが、これ以後の浄瑠璃、歌舞伎、小説では、多く金太郎ではなく、「怪童丸」という名で呼ばれている。後の英雄を「怪童」の名で呼ぶことは、少しもおかしいことではないが、あるいは、『古今著聞集』三三五話、頼光が、その四天王、綱《つな》、公時、定道、季武《すえたけ》らと共に討ち果たした「鬼同丸」との類似から命名された名でもあったろうか。[5]

　怪力を持つ英雄の生い立ちに興味を持ち、それが怪童、ないし神童でなくてはならないと考えるのは、人の常である。そうした点で、近年まで民間信仰の中で生き続けてきた[6]山の神秘的存在である山姥と結び付けられたのは、自然の理であったろう。金太郎の名も、坂田金時の「金」に「太郎」をつけて成立している。

　近世に広く流布した坂田金時の幼時の物語「金太郎」は、その後日談をしくんだ金平節によって、更に広まっていった。金平は、金太郎の子で、剛勇無比の活躍をするのである。

　それにしても、現在の我々にとって、金太郎の話は、何を訴えかけてくれるのだろうか。鉞を持って山野を駆け巡った山姥の子が、熊や鹿を相手に相撲をとって遊び、一人の侍にその怪力ぶりを注目されて、都に上るだけの話が、なぜこうも、長く人々の脳裏に焼き付けられてきたのか。腹掛けや、端午の節句の人形を介して、国民のアイドルとしての地位を獲得したともいえるが、もう一度、金太郎の話の筋を追って、今まで述べてきた諸特徴について考え、その理由を考究してみようと思う。

　平凡社の東洋文庫『日本お伽集1』に載っている「金太郎」を一応のテキストとする。これは、培風館『標準お伽文庫』全六巻の復刊である。同書は、森林太郎《もりりんたろう》、松村武雄《まつむらたけお》、鈴木三重吉《すずきみえきち》、馬淵冷佑《まぶちれいゆう》撰による「日本神話」「日本伝説」「日本童話」の総称であるが、金太郎を含む「日本伝説・上巻」は、大正九年に発行されている。

テキストは、次の文で始まる。

> むかし相模国の足柄山のおくに、金太郎という子供がおかあさんの山姥《やまうば》と一しょにすんでいました。

「おかあさんの山姥」といういい方は、ずいぶんと現実の母親像に近づけた物言いであるが、さすが、「山姥」の語は消すことができなかったとみえる。怪童・神童の生い立ちを語る上で、山姥は必須の条件であるからだ。「山姥の子育て」について、精力的に研究を進めたのは、柳田國男であった。山姥というのは、

> ウバは本来権威ある女性の名で、齢や姿にはよらなかつたのを、いつの頃からか女扁に老、姥といふ漢字を是に宛てるやうになつて、絵や彫刻にけうとく描き出すものが次第に多く、結局は常の人の幻とは合致し難くなつたけれどもかつては山姥も山の女神の、親しみある一つの呼び方であつたかも知れぬのである。[7]

山の神としての山姥は、『義経記』の中にもある荒血山の物語のように、「美しい姫神が山中で御産をなされ、それを助け申した山人が末永く幸ひを得た〔8〕」という、日本の固有信仰に関わるものだとした。あるいはまた、別の論文では、「その山姥ももとは水の底に機を織る神と一つであった〔9〕」ともいうのである。

一言で片付けるのは危険であるが、山姥は山の神だというのである。山姥が子を産むという伝承は、室町時代の文献にすでにみえており、しかも一腹に三人も四人も怖ろしい子を産むとしている。しかし、金太郎は、山姥の本来の子であろうか。テキストの末尾は山姥が、碓氷貞光《うすいさだみつ》に次のように語ってもいる。

じつはなくなった父ももとは坂田という氏《うじ》の士でした。

テキストを見る限りでは、金太郎が山姥の子ではないという証拠はない。しかし、太郎は、「捨て童子」であったとする佐竹昭広《さたけあきひろ》氏の論は、注目に値する。佐竹氏は、

山中の虎狼にかしずかれて育った子どもの話は、さながら後世の金太郎によって代表される「山姥の子育て」と重なり合う。〔10〕

不思議な誕生をした子どもが深山に捨てられ、山の動物に守護されつつたくましく成人し、

威力を世に振るうというモチーフは、中世口承文芸の典型的な一類型であった。この類型を、山中異常誕生譚「捨て童子」型と命名することができよう。伊吹童子、役行者、武蔵坊弁慶、平井保昌、かれらはおしなべて山中の「捨て童子」だったと言える。[11]

伊吹童子は、母の胎内に三三か月いて、その後生まれ落ちたが、髪の毛が黒々と肩の辺りまで垂れ、歯は上下とも生え揃《そろ》っていたばかりではなく、抱き上げられた乳母の手の中で、人語を発して人々を驚かせたという。姫の父、兄共に伊吹の弥三郎《やさぶろう》の血を受けていることを恐れ、意をけっしてその子を山中に捨てる。だが、童子は、山中の虎狼野干《ころうやかん》に守護せられ、元気に成長するのである。伊吹童子は、後に居を大江山に移して、酒呑童子となる。

同趣の誕生譚を持つものとして、お伽草子の『弁慶物語』『自剃り弁慶』『橋弁慶』に出る弁慶、『役行者顛末秘蔵記』の役行者、『曾我物語』の平井保昌《ひらいやすまさ》、『熊野の本地』の若一王子《にゃくいちおうじ》が挙げられる。

ここで、虎狼野干とあるのは、注目に値しよう。佐竹氏も、「山中の虎狼野干とは、すなわち山の神の使令であり、あるいは山の神そのものを意味する」[12]といっているが、静岡県磐田郡佐久間町、水窪町周辺の伝承を考えれば、さらにうなずかれよう。すなわち、山姥が龍頭峯の主の龍筑房、神之沢の山の主の白髪童子、山住奥の院の常光房らを産み育てたと伝承され、これらは今でも神として信仰され、とりわけ、山住神社は、山の御犬と呼ばれる狼《おおかみ》への信仰で知られているというのである。[13]ここでは、明らかに山姥と狼の祭祀《さいし》が同一の範疇《はんちゅう》として扱われている。お伽草子における虎狼野干が、山姥となるのは、誰もが持ち得る自然の成り行きだったのだ。

佐竹氏同様、私も、金太郎を「捨て童子」と考えたい。捨てられた鬼子が、山の神の加護のもと山中で成育し、のちに英雄となる筋立ては、多くの人々の心を捉え得る魅力あるモチーフとしてあったのではないか。

実は、金太郎が、碓氷貞光に見出されるということも、この「捨て童子」譚の一特徴を有しているのである。先に挙げた伊吹童子、弁慶、役行者、平井保昌等は、一人は後に大江山の酒呑童子として恐れられる鬼となり、二人は豪傑として名をあげ、一人は修験道の開祖として崇められることになるのだが、伊吹童子以外はすべて、捨てられた後に誰かに拾われるのである。弁慶は五条の大納言に、役行者は大和の商人に、平井保昌は比叡山に住む狩人に拾われることによって、その武名を天下に轟《とどろ》かせることになる。こうしてみると、金太郎もまた、然りといわざるを得ないことに気付かれよう。山中に捨てられた金太郎は、山の神である山姥に育てられ、動物たちに囲まれて生育した後、碓氷貞光と名乗る「きこり」に拾われていくのである。拾われることのなかった伊吹童子のみが、ただ一人山中に残って、鬼となって暴虐の限りを尽くすのである。

面白いことに、あるいは皮肉なことにというべきか、お伽草子「酒呑童子」で退治される酒呑童子と、頼光の四天王のうち二人までが、互いに敵味方となって登場しながら、同じような出生をしているのである。仕組まれたことなのか、あるいは、類型化の中の偶然のことなのか、今のところ結論を出せないでいる。

私は、金太郎を「捨て童子」とみるのだが、テキストが違えば、また違う解釈も成り立ち得る。天和元（一六八一）年の『前太平記』には、ある日峰に出て寝ていたところ、夢に赤い龍が出てきて女と通じた。其の時に雷が激しく鳴って驚いて目が覚めた。その後この子を孕んだ。生まれてから二一年が経過したが、長ずるに及んで山をも困難と感ずることなく、また岩をも重いと感ずることがない。その活躍は目覚ましい[14]、とある。

高崎正秀《たかさきまさひで》氏は、この話を、天日矛の但馬に落ち着くまでの阿具沼の話[15]や、加茂の別雷神《わけいかづちのかみ》誕生の説話[16]と、同一系統のものとみなしている。

阿具沼の話を例とすれば、日の光が虹の如く賤《しづ》の女の女陰を指して以来、女は身ごもって赤玉を産む。その赤玉が貌よき処女になって、天日矛の妻になるという、日光感精譚の一典型の話である。高崎氏は、ここには、素直で直観的な姿で日光崇拝が語られているとし、更に、加茂別雷神との比較の中で、金時出生譚は、三輪山式説話と同じ考えの一分派と言えるだろうと結論付けている[17][18]。

金太郎の赤い顔も、常に携えている鉞も、神の子金太郎の雷神的要素によって説明し得るというのである。

氏の論は、神話や民俗学を援用して、間断することなく、金太郎説話が含む様々な側面を照らし出していて有益である。しかし、『前太平記』をテキストとすることはいかがであろうか。引用箇所を一瞥《いちべつ》するだけでも、いわば、江戸期特有の文飾、漢文系資料を縦横に駆使することを是とする気味が見て取れよう。更に前述したように、『前太平記』は、金太郎の幼少期の物語を語るとはいっても、ここでは、すでに二十一歳の若者になってしまっているのである。金太郎の名前の初見がこれ以後の文献であること、子供時代の金太郎を語ろうとする動きが活発になるのも、またこれ以後と考えられることなどから、金太郎本来の話とはみなすことができないように思われる。

かえって、当時の金太郎（金時幼児）へ関心が徐々に高まっていく中での、一つの理解の現れとみるべきなのではないか。一つの幼児期物語に結集する以前の多様なあり方の一つとして解釈すべきものと思うのである。もちろん、金太郎説話の成立過程に対する研究は、まだまだ未確定な部分を多く含んでいるので、断定的なことはいえない現状を前提にしての私見ではあるが。

金太郎を「捨て童子」とすると、最後に「きこり」碓井貞光に見出されることも、その類型の展開であった。伊吹童子、弁慶、役行者、平井保昌、若一王子等の山中「捨て童子」があるが、その中の保昌は、「狩人」によって拾われたのであるから。更に、いずれも虎狼野干に守護された経緯を持つことからすれば、動物保育型とする金太郎の遊び相手が、おしなべて山の動物たちであることも、山中「捨て童子」譚の一変型とみなすことを容易にしてくれる。山姥の子育てと一見重複するようであるが、狼のとるべき役割を山姥に託し、他の動物を守護役、ないしは遊び相手と考えたものであろう。

山姥の子育てを手がかりに、金太郎の素性を、山中「捨て童子」と考え得ることを見てきた。とするならば、金太郎もまた、伊吹童子や弁慶のように、山に捨てられる以前の時代を想定することができるのではないか。伊吹童子は、母親の胎内に三三か月、弁慶は三年三か月を経て生まれている。髪はふさふさ、歯は生えそろい、人語を発する鬼子であった。金太郎もまた、鬼子として生まれた過去を背負っているのではなかろうか。

更に想像を逞《たくま》しくすれば、金太郎は、申し子ではなかったか。『弁慶物語』の弁慶は、紀州熊野の別当べんしんが五〇歳になっても子宝に恵まれないが故に、若一王子へ祈念した〈申し子〉であった。先に挙げた「捨て童子」平井保昌も、仏神に祈願した結果授かった子供であった。弁慶といい、保昌といい、いずれも申し子であった。

『和漢三才図会』には、

坂田明神　竹の下（駿東郡小山町）にある。

祭神　坂田公時の霊

源頼光の家臣坂田公時・渡辺綱・碓井貞光・卜部季武、ともに武勇の名あり、世に四天王と称する。けれどもその霊を神と祭る仔細はつまびらかではない。[19]

とある。あるいは金太郎も申し子として、こうした神社と結びついていたのだったか。

山姥から「捨て童子」を経て、金太郎の前史まで話を及ぼしてきた。ここで、山姥を中心にしてきた考察は打ち切って、次のモチーフに移りたい。

金太郎が鉞を持つこと、動物たちと相撲を取ることなど、興趣深い話根は多々あるが、それらは一応、高崎氏の論[20]を参考にしてもらって、私は、木を倒して橋を架けることを問題にしたい。

金太郎が動物たちとあちらこちら山中を駆け回ることの一つのエピソードとしてのみの役割しか持っていないのかも知れないが、山中の橋から連想されることがあるので書いてみたい。

日本のように急流の川では、橋を架けることも、それを維持することも困難なことであった。したがって、川幅の狭いところに、丸太を差し渡しただけの一本橋のようなものが多かったであろう。だからこそ、架橋、維持の困難さを語るものとして「大工と鬼六」で、人間と鬼との葛藤《かっとう》を表しているのであろう。

これらに比して、金太郎は、なんと軽々と橋を渡してしまうのか。怪力を十二分に利用して、大木を押し倒して橋にしてしまう。鉞さえも使わずに。

だが、私たちは、怪力さえも使わずに、簡単に橋を架ける術を知っている歴史上の人間を知っている。役行者（役小角、役優婆塞）である。しかも、彼の架けた橋は、川を渡るものではなく、山と山とを繋《つな》ぐものであった。

役行者は『続日本紀』『日本霊異記』『三宝絵詞』『本朝神仙伝』『今昔物語集』『古今著聞集』『沙石集』『役行者顛末秘蔵記』『役君形生記』『役行者本記』等、多くの書物に出ているが、橋かけ伝説の最も早い文献上の記録は、『日本霊異記』である。

鬼神を駈《お》ひ使ひ、得ること自在なり。諸の鬼神を唱《いざな》ひ、催《もよほ》していはく、「大倭《やまと》の国の金の峯と葛木の峯とに椅《はし》を度《わた》せ。しかして通はむ」といふ。ここに神たちみな愁ふ。〔21〕

歌論書『俊頼髄脳』の「岩橋の夜のちぎりも絶えぬべしあくるわびしきかづらぎの神」の歌の評では、役行者の命を受けた一言主は、「我がかたちみにくし」いが故に、夜のみ橋渡しの仕事をした。が、途中でその仕事を放棄してしまったので、役行者は、神を縛ってしまったとある。〔22〕

『本朝神仙伝』には、

昔登富士山頂、後往吉野山、常遊葛城山、好其嶮岨、欲令諸鬼神造亘石橋於両山上、皆応咒漸成基趾、行者性太褊急、譴責不曰也、一言主神容貌太醜、謂行者曰、為慚形顔、不得昼造、行者敢不許止[23]

とあり、できたのはどうやら「基趾」のみであったらしい。

金太郎と役行者は、一方は怪力で、他方は呪力で、一方は川を渡る橋を、他方は山と山とを結ぶ橋を、といった違いを重視すれば、この連想は的外れである。しかし、金太郎の橋渡しも山中でのことと考え、更に、既述した「捨て童子」の中に役行者がいたことを考えれば、必然性は出てこよう。役行者の伝記を語る多くの文献の中で、行者の幼時を語るものは、後世のものに限られてしまう。『続日本紀』以下、『沙石集』に至るまでのものに、役行者の誕生譚はなく、ようやく『役行者顚末秘蔵記』に出てくるのである。

『役行者顚末秘蔵記』は、元禄六（一六九三）年に刊行されている。

お伽草子『役の行者』[24]で広まった行者への関心は、やがて金太郎を生み出すにいたった民衆の意向の流れの中で、やはり幼時期探究へと向いていったのであろう。因みに、お伽草子『役の行者』に書かれている行者の生い立ちは、次の如くである。

むかし、ふちはらの天わうの御時に、えんの行者といふ人ありけり、やまとのくに、かつらきのかみのこほり、うはらのむらの人なり、その名を、こすみといふ、たか賀茂の子なり三さいにして、ちゝにはなれ、はゝのはく、みにて、人となれり、今のたへまてら（著者注：当麻寺）は、すなはち、たかかものきうたくなり、こすみ、このところにて、母とゝもに、とし月ををくりむかへて、かくもんを、ことゝし給ふ

おさなきときより、さいちめいさつ、ひんこにして、ひろくまなひ、あきらめ給ふ[25]

「捨て童子」として形象化されていった役行者と、金太郎が、幼児期への関心という同じ流れの中で、互いの話素を交換し合ったということは考えられよう。山中を駆け巡り、動物たちと仲良く遊び、相撲をとった金太郎の、何気ない一挿話が、実は、役行者と結びつくことによって、新たな意味合いを帯びて、我々の眼に飛び込んでこないだろうか。こうして、それはまた、江戸初期の英雄たちの幼児期への関心の高まりも示唆しているように思われるのだ。

改めて問わなければならない。金太郎の話は、いったい何なのかと。

金太郎は、実は何もしていないのだ。山姥に育てられ、鉞をかついで動物たちと遊び、熊と相撲を取り、木を倒して橋を架け、きこりに見出されて都に上り、後に偉いお侍さんになる。この話のどこに、我々を面白がらせてくれるものがあるのか。この単純な、山も谷もない筋書きの話のどこ

に、我々をして江戸期から現在に至るまで、連綿と語り継がせてきた源泉があるのか。

金太郎は「捨て童子」と見ることができると説いてきた。山姥、動物たち、結末としてきこりに拾われること等を通して、伊吹童子や弁慶、役行者、平井保昌、若一王子等と同じ「捨て童子」譚とした。そしてまた、彼らの話を媒介として、金太郎の前史を、神に祈願した結果の申し子が、いわゆる鬼子として生まれ、山中に捨てられる話を類推した。神への祈願→申し子→鬼子→山中遺棄→山姥の子育て、である。

この類推は、現在の我々にとって必ずしも容易ではないかもしれない。初めて「捨て童子」なる言葉を聞く人もあろう。あるいは山姥に、子育てとは無縁な昔話の「食はず女房」「牛方山姥」「三枚の護符」といった恐ろしい面を見出すかも知れない。あるいは、「糠福米福」「姥皮」の福神としての性格を思い浮かべるかもしれない。だが、昔の読者、聞き手は、現代の我々より、はるかに説話的世界に通暁していたはずだ。民俗的世界においても、その中で現に生きていた。

子供の一歳の誕生日に、一升餅をしょわせる風習があるという。大藤《おおとう》ゆき著『児やらい　産育の民俗』を参考にして、例を挙げてみよう〔26〕。

埼玉県入間郡では、一年目を「アルキイワイ」といって力餅をしょわせる。この時に歩ければ餅をしょわせ、歩けなければ赤飯を配るという。浦和、鴻巣、草加地方では、ブッツイ餅といって誕生前に歩く子には丸餅をしょわせ、歩けなくなるまで餅の数を増やしたという。三重県鈴鹿郡では、餅をしょって歩くと「親の足取り」といってきらい、転ぶほうを喜ぶ。しかし、反対に歩ければ丈夫に育つともいう。この一升餅の民俗は、一升餅をしょわせ、わざと転がす点が注目される。あるいは、餅をぶつけて倒すというのもあるという。

　あまり早く歩き出すのはよくないと考えられていたらしい。しょって歩くのを喜ぶのは親の気持ちが自然に赴く後世の転であろう。大分県の例では、歩くところを箒《ほうき》の先で付き倒すといい、これは走り物（出奔者）になるのを恐れる呪《まじな》いだというのである。あるいは早く歩くと親を見捨てて養わぬなどともいうとある。

　あまり早く歩き出さないほうがいいのは、どうしてか。私には、鬼子を恐れる気持ちからのように思われる。鬼子のように、三三か月も母親の胎内にいたり、いきなり人語を発したりはしないものの、一歳前に歩き出すことは、昔は鬼子のように受け取られたのであろう。鬼子を忌む民俗として一升餅はあったに違いない。

　だが、自分の子供の初誕生の日に、一升餅をしょわせる親のどれだけが、鬼子を想起するであろうか。子の成長を祝う節目の日を、伝統的な行事で飾ってやるというのが、親の偽らざる気持ちであろう。しかし、知らず知らずのうちに行う行事の背後に、そこはかとなく漂うものを感じ取ることがあるかも知れないのだ。

　金太郎もまた、そうではなかったか。山姥から「捨て童子」、申し子、鬼子を連想することは難しかったかも知れないが、なんとなくこれだけではない、つまり、金太郎の話に語られているものだけではないことを感じ取っていたのではなかったか。言い換えれば、いわば「語られざるもの」に想いを致すことが、金太郎の話を趣あるものに変えていたのだ。ましてや、金太郎は、後に坂田金時と名を変えて、頼光の四天王の一人として、酒呑童子を退治するという大手柄を立てるのである。
　金太郎の名が、金時の幼時に由来する以上、金太郎から、金時の鬼退治を想い浮かべるのは、当然の帰結である。したがって、金太郎の話は、それだけでは完結しておらず、いわば、語られていないものを補うことによって、その命脈を保ち続けてきたと思う。現在の我々にとって、目に見えるものだけがすべてとなっているが故に、説話的世界の、想像すべき豊穣な空間を見失っているのである。だからこそ、金太郎の話を面白くないものとしてしまうのだ。想像すべき多くの事柄を示唆してくれるもの、語られざるものにより多くの興趣を覚えさせてくれるものとして、金太郎の話は、連綿と語りつがれてきたのであった。

（一九八五年）

賦し物

日本の「なぞなぞ」に、「賦《ふ》し物」という手法がある。例を参考にして、以下の「賦し物」の答えを後の□内の語群から選びなさい。

（例）　酒のさかな（「さけ」の逆名《さかな》）→袈裟（けさ）

一、呼び返せ呼び返せ
二、野中の雪
三、妻戸の間より帰る
四、屋の軒のあやめ
五、指貫の裾損じたる返り花
六、返して悔やし桃の木の数珠

七、腹の中の子の声
八、雪のうちに参りたり
九、風呂の中に床がある
一〇、水にかきまぜた
一一、児《ちご》の髪なきは法師には劣り田舎に置け
一二、垣の中の笹
一三、門の中の雷
一四、風呂の中の連歌
一五、紫竹の中の鶯は尾ばかりぞ見えける
一六、嵐ののち紅葉道を埋む
一七、いちご岩梨
一八、上も無き思を仏説き給ふ
一九、宇佐も宮熊野も同じ宮なれば伊勢住吉も同じ神々
二〇、海中の蛙
二一、車の上に輿は踊れり
二二、四季の先に鬼あり
二三、谷の氷柱はなかば融けたり
二四、露霜置きて萩の葉ぞ散る

二五、道風の後佐理手跡には上もなし
二六、にがみにがみゆがみゆがみ
二七、花の山は花の木柞《ははそ》の森は柞の木
二八、文机の上の源氏の十二の巻
二九、梟は暗うはなくて木兎《みみずく》の耳になきこそおかしけれ
三〇、山雀《やまがら》が山を離れて去年《こぞ》今年

尺八	蓮《はちす》	雨	松	柚《ゆ》の木	かささぎ	さし縄	碁石	
湯巻《ゆまき》	袋	三日月	唐糸	ふところ	ひよひよ	柱	櫛	
山守	月	たたら	稚児《ちご》	心経	文机	花扇《はなあふぎ》	鶯	
霜	蔦《つた》	盗跖《とうせき》	ははきぎ	ふすま	唐錦			

【ヒント】

日本語のなぞについては、鈴木棠三氏の一連の研究に詳しいが、ここで参考にしたのは、『なぞの研究』（講談社学術文庫）と、『中世なぞなぞ集』（岩波文庫）である。

昔のなぞなぞを解くには、それなりの知識が必要だが、特に歴史的仮名遣いと「いろは歌」、方角や時間を表していた十二支を知っておくことが必須である。また、清音濁音の違いは無視してい

い。そして、なぞなぞなので、もう少し頓智が必要な難問も含まれている。『中世なぞなぞ集』は七つの本をもとに作られているが、今回それらのすべてから、現代でも通用するものを選んでみた。

一、「よひ」をひっくり返すから、「ひよ」。それが二つ重なる。
二、「の」を「ゆき」の中に入れる
三、「つまと」の間から、上に返ると。
四、「軒」は「退《の》き」で、つまり削除する。
五、「さしぬき」の裾、つまり下二文字を取る。「はな」をひっくり返す。
六、超難問。桃の木と数珠のところに頓智が必要になる。まず、「くやし」を返す。次に「桃」だが、これは「百」を意味する。そして、数珠だが、数珠は多くは一〇八個の玉でできているという。
七、「は・ら」のなかに、「子」の声を入れるのだが、声とは?
八、「参りたり」を「ま・入りたり」と読めば。
九、賦し物の典型例。
一〇、これもよく考えればわかる。
一一、これは頓智が必要。まず分かりやすいところから考えると、「ちご」の上（髪）なきは「ご」。最後の「田舎に置け」は、「い・中に置け」と読める。
一二、典型例。

一三、漢字の読み方を工夫すべし。
一四、連歌をどう処理しよう。数え方は？
一五、これは頓智が必要。「しちく」をどうする。「しち・く」の中は？
一六、これは自力で。
一七、これも自力で。
一八、これは今までとちょっと傾向が違っていて、「字迷」という手法です。
一九、「宮」も「神」も上であると気づくとできる。
二〇、難問だ。まずは「海中」を「うみなか」と読むことが必要。そして、「う・み」とする。
二一、自力でどうぞ。
二二、理屈は難しくない。
二三、これは「たに」のところで頓智が必要。
二四、初冬の景色を楽しみながら、解いてみてください。
二五、答えが出てもなじみがないかも。中国古代の有名な盗賊の名前になる。
二六、「いろは歌」の知識が必須。
二七、四のヒントを参考にしてください。
二八、『源氏物語』の一二巻目の名前は？
二九、「おかしけれ」で笑わなければわからない。
三〇、「去年今年」の扱いが難しい。一年を季節に当てはめて、それが二年分。

【解答】

一、「ひよ」が二つ重なると、「ひよひよ」

二、「ゆき」の中に「の」が入り、「柚の木」となる

三、「つまと」の間、すなわち「ま」から上に返ると「まつ（松）」になる。

四、「あやめ」から「や」を「退き（軒）」、すなわち削除すると「あめ（雨）」となる。

五、「さしぬき」の裾、つまり下二文字を取る（損じる）と「さし」が残り、「はな」をひっくり返すと「なは」、したがって、「さしなは（さし縄）」。

六、これは難問。桃の木と数珠のところに頓智が必要になる。まず、「くやし」を返せば、「しやく」。次に「桃」だが、これは「百」を意味する。そして、数珠だが、数珠は多くは一〇八個の玉でできているという。それがだめでも、仏教では一〇八という数字がよく知られていることから、一〇八から百を引くと「はち（八）」が残り、あわせて「しやくはち（尺八）」となる。こういう問題を見るとほんとに楽しくなる。

七、「は・ら」のなかに、「子」の声を入れるのだが、声とは？「こ」をいれたら、「はこら」で、意味をなさない。「子」の別の読み方か？「子」を音読すると「し」になり、それなら「はしら」となることになる。

八、「ゆ・き」の中に、「ま・入りたり」と読めば、「ゆまき（湯巻）」となる。

九、「ふ・ろ」の中に、「とこ」があるので、「ふ・とこ・ろ（懐）」。賦し物のなぞの典型的な問

題だろう。

一〇、「みづ」に「かき」混ぜた。従って、「みかづき」。

一一、これも頓智が必要。まず分かりやすいところから考えると、「ちご」の上（髪）なきは「ご」。最後の「田舎に置け」は、「い・中に置け」と読める。これだけで「ごい」となる。中間の「法師」をどうするかだが、「おとり」は、「尾」つまり語の最後の「し」を「とる」のだが、この「とる」は、採用する方の意味で、したがって全体では、「ごいし（碁石）」となる。

一二、「か・き」の中に「ささ」を入れるので、「かささき（鵲）」となる。

一三、門を「か・ど」と読むことがまず必要。次に「雷」だが、これもそのまま読んではだめで、ひと工夫をして音読の「らい」とすると、「か・らい・と（唐糸）」となる。本文は、「神鳴り」となっていて、更に難しい。

一四、「風呂の中」までは九と同じ。連歌をそのまま「ふ・ろ」の中に入れても意味を為さないので、ここで一工夫が必要になる。連歌の数え方は？　一句、二句か、それなら、「ふ・く・ろ（袋）」となる。

一五、これも頓智が必要。「しちく」の中というと普通「ち」になるが、これは「七・九」としなければならない。七と九の中だから「八」となる。「うぐいす」の尾（最後の字）を取って「す」。したがって、答えは「はちす（蓮）」。

一六、「あらし」の後だから「し」。「もみぢ」の「みち」を埋める、つまりなくすと「も」だけが残り、「しも（霜）」となる。
一七、「いちご」の「い」は無しと読めば、「ちご（稚児）」が残る。
一八、これはちょっと傾向の変わった問題で、例えば、百人一首にも載る「吹くからに秋の草木のしをるればむべ山風を嵐といふらむ」に通ずる「字謎」という技法が使われている。「思」という漢字の上を取ると「心」が残る。次の、仏の説いたものは何かと考えると「経」になる。従って「心経」（般若心経）。
一九、「宮」も「神」も、上を表すことに気づくと、「うさ」「くまの」「いせ」「すみよし」、の四つの神社の語頭を拾って、「うぐいす（鶯）」になる。
二〇、難問だ。「うみ」の中と言われても、二文字では中がない。ここで昔の人は身近な十二支を思い浮かべる（のだろう）。十二支で「卯」と「巳」の間には「たつ（辰）」があり、それを返せば、「つた（蔦）」。
二一、「くるま」の上だから、「く」。「こし」の尾を取って「し」。従って、「くし（櫛）」。
二二、四季というのは、「はる」「なつ」「あき」「ふゆ」だから、その先は、「は・な・あ・ふ」となる。「鬼」は「き」と読み、全体では、「はなあふぎ（花扇）」歴史的仮名遣いを知らないと難しい。因みに、京都の祭りで有名な「葵」は、歴史的仮名遣いでは「あふひ」と書き、和歌などでは「逢ふ日」との掛詞になる。
二三、これも頓智が必要。「たに」だけで実は、「たた」となっている。それは何故か？「た」×「二」と読み解かなければならない。「つらら」の半ばが解けると「ら」だけになって、答えは「たたら（踏鞴）」。

二四、初冬の風情を描きながら、謎になっている。「つゆ」の「しも（霜＝下）」を除くと、「つ」が残り、「はぎ」の「は」が散ってしまうと、「き」だけになって、「つき（月）」となる。

二五、書で有名な三蹟の二人の名前を出して、教養を試している。「道・風」の後を「去り」だから「とう」が残る。「しゅせき」には上がないから「せき」で、「とうせき」となる。教養を試す流れで、古代中国の有名な盗賊の名前を知らないと、これが正解かどうかの判断ができない。正解は、その「盗跖」。

二六、今までの経験で「に・上」「ゆ・上」となることが想定されるだろう。江戸時代の笑いの書、『醒睡笑』（安楽庵策伝・角川文庫）に載る宗祇と宗長の逸話を思い浮かべる（巻一の五話）。いずれにしても、当時の常識である「いろは歌」がもとになっている。「に」の上は「は」、「ゆ」の上は「き」だから、「ははきぎ（帚木）」が正解。

二七、「の木」は「退き」で、省けばいい。従って「花の山」から花を取って「やま」、「杵の森」から杵を取れば「森」が残り、合わせて「やまもり（山守）」となる。

二八、文学的素養が試される。「ふづくえ」の上だから、「ふ」になるところまでは簡単だろう。次の「源氏の十二の巻」だが、これは「須磨」の巻になる。源氏の物語五十四帖のすべての巻名を知っているのは、素養の一つなのか。答えは「ふすま（襖）」。

二九、「ふくらう」の「くらう」はなくては簡単、「ふ」になる。「みみずく」の「耳がないので「づく」。「おかしけれ」はそのままでは分からない。「おかし」いから「笑う」ので、「笑《え》む」と変えて「え」になる。続けると「ふづくえ（文机）」。ちょっと強引すぎるかもしれない。

三〇、「やまがら」から山を取って「から」になるのは簡単。つぎの「去年今年」に一工夫が必要。去年今年なので二年だが、ここで一ひねりしてある。日本の一年には四季があるので、これを「しき」として、それが二つあるから「二×しき」で「にしき」。従って、「からにしき（唐錦）」となる。

いかがだったでしょうか。
慣れたところで、次の演習問題はいかがですか。

【演習一】
次の「賦し物」の答えを後の□内の語群から選びなさい。ただし、□内には余計な単語も含まれている。

一、公《きみ》は木の横にまします風あたりをはらふ
二、胡蝶子を捨て帰りて住まぬ
三、しのびがえし
四、はちの中に雪霜ばかり

五、五月雨に蓑着て竿取る姿
六、夏冬の上の衣《きぬ》かへさば針を添えてかへせ
七、いのちは笛の間
八、海の向かい
九、井ぜきにせきとめられて水さかさまに流る
一〇、左馬頭《さまのかみ》
一一、道風がみちのく紙に山といふ字を書く
一二、きりかさねたるなますなまとり
一三、さびかへりたる剣の先
一四、狐鳴かで帰る
一五、古今の序やぶれて歌人の中終わる

小式部　きんかん　月　あや　嵐　松虫　筆　石　すずり箱
菊　ひさげ　ところ　泉　ゆづりは　いかづち　猫　すだれ　色紙
鳥居　きりぎりす

【演習二】

次の「賦し物」の答えを後の□内の語群から選びなさい。ただし、□内には余計な単語も含まれている。

一、山寺に寺はなくしていづれのか衣の裾の二つ見ゆらん
二、さらの中ににしひとつ
三、春夏秋冬を昆布につつんだ
四、雀が理をもちながら妻《め》をとられはがいのしたに子をぞ育つる
五、柳・薙《なぎ》の木、栗・桑の木
六、うはぎえしたる雪の一鉢
七、笹にいる鹿
八、月の中にはいりたり
九、無始無終の仏ちりにまじはる
一〇、使いかへれば稚児の髪結ふ
一一、宿の柳よなど花の頃の花なき
一二、耳の中へ蚊の入りてかへる
一三、よれそつねな
一四、山中の梅

一五、椿葉落ちてつゆとなる

千鳥	いかづち	山桃	美濃紙	しめじ	雪	小式部
たぬき	桜	すだれ	椿	あや	ところ	さうめん	槍
菊	すずり箱	差し傘	筆	月		

【演習一ヒント】

一、字謎のなぞ。
二、「胡蝶」の歴史的仮名遣いは「こてふ」。「住まぬ」というのは、「澄まぬ」で「濁る」ということ?
三、一音語を伸ばすとどうなるか。伸ばしてひっくり返す。
四、難問。「八」を足し算に分解して、間に「ゆき」の下を入れる。
五、「み」退きて、「さ」を取る。「すがた」に頓智が必要。「す・肩」とする。
六、「なつ」「ふゆ」の上退き、それを返す。「はり」を返して、それに添えるのだそうだ。
七、難問。十二支といろは歌の両方が必要。「ふ」と「え」の間にあるのは?
八、十二支で考える。「卯」と「巳」の向かい?
九、易しい。

一〇、これもいろは歌。左馬頭は源頼朝のこと。
一一、これは字謎。
一二、賦し物の典型的なかたち。
一三、「剣」は「けん」と読む。
一四、これも賦し物の典型的なかたち。
一五、これは易しい。

【演習二ヒント】

一、易しい。
二、「にしひとつ」が難問。算数で考える。八＋一＝九。
三、一年を別のものに置き換える。「昆布」は「こぶ」。
四、厄介な賦し物。ただ頓智や一工夫が必要なわけではない。
五、典型的な問題。
六、「一鉢」に、算数が必要。
七、典型的な問題。
八、易しい。
九、ちょっと捻ってある。
一〇、典型的な問題。

一一、分かりやすい。
一二、耳に入ったのは蚊だけではないみたいだ。
一三、いろは歌。
一四、歴史的仮名遣い。
一五、典型的な問題。

【演習一解答】

一、松虫　二、筆　三、石　四、色紙　五、すだれ
六、ゆづりは　七、猫　八、鳥居　九、泉　一〇、あや
一一、嵐　一二、きりぎりす　一三、ひさげ　一四、月
一五、きんかん

【演習二解答】

一、山桃　二、桜　三、小式部　四、すずり箱　五、槍　六、菊
七、差し傘　八、椿　九、千鳥　一〇、いかづち　一一、ところ
一二、美濃紙　一三、たぬき　一四、さうめん　一五、雪

参考文献

【ロンドンの夏目漱石　その下宿を中心に】
『漱石全集』新書版　岩波書店、一九五七年
第十六巻　小品上　七一－七二、七九－八十、九二、一〇二頁
第十八巻　文学論　一三－一四頁
第二十二巻　初期の文章　一八、二八－二九、四七頁
第二十四巻　日記及断片
第二十七巻　書簡集一

【古典と夢】
■**『日本書紀』における「夢」**
『日本書紀』岩波文庫、一九九五年
〔1〕巻第三〇「持統紀」六年九月二十一日条
〔2〕巻第二十四「皇極紀」二年十月十二日条、歌謡番号一〇七番

〔3〕巻第六「垂仁紀」即位前紀条
〔4〕巻第十九「欽明紀」即位前紀条
〔5〕巻第十一「仁徳紀」十一年十月条
〔6〕巻第十一「仁徳紀」六十七年条
〔7〕〔5〕と同

■『狭衣物語』における「夢」

新潮日本古典集成『無名草子』一九七六年
新潮日本古典集成『狭衣物語』一九八五年
〔1〕『無名草子』六一—六二頁
〔2〕『狭衣物語』上巻・二一九—二三四頁
〔3〕同　上巻・二四九—二五〇頁
〔4〕同　下巻・一七八—一八〇頁
〔5〕同　上巻・二二八—二二九頁
〔6〕同　下巻・一八一頁
〔7〕同　下巻・一八七頁
〔8〕同　下巻・三〇六頁
〔9〕同　下巻・三一二頁

〔10〕『無名草子』六二頁
〔11〕『狭衣物語』上巻・九六頁
〔12〕同　下巻・一四頁
〔13〕〔14〕同　下・一二六頁

■『平家物語』における「夢」

日本古典文学大系『風土記』岩波書店、一九五八年
新潮日本古典集成『大鏡』一九八九年
新日本古典文学大系『平家物語』岩波書店、一九九一年

〔1〕『摂津国風土記逸文』四二二―四二三頁
〔2〕『大鏡』一四二―一四三頁
〔3〕『平家物語　上』六二頁
〔4〕同　五三頁
〔5〕同　一五三頁
〔6〕同　二七八頁
〔7〕同　一七三―一七四頁
〔8〕同下　三六〇頁

■『石山寺縁起』における「夢」

新日本古典文学大系『萬葉集　一－五』岩波書店、一九九九年
『枕草子』岩波文庫、一九六二年
新潮日本古典集成『和泉式部日記』一九八一年
日本古典文学全集『今昔物語集　一－四』小学館、一九七八年
新潮日本古典集成『更級日記』一九八〇年
新潮日本古典集成『蜻蛉日記』一九八二年

〔1〕『枕草子』二〇八段、二五三頁
〔2〕『和泉式部日記』三八頁
〔3〕同　三九頁
〔4〕『萬葉集　一』巻一・三四歌、三八頁
〔5〕『萬葉集　二』巻七・一一八九歌、一三九頁
〔6〕『萬葉集　一』巻三・二三八歌、一九三頁
〔7〕『萬葉集　一』巻一・三四歌、三八頁
〔8〕『萬葉集　二』巻一〇・一九九七歌、四六五頁
〔9〕『今昔物語集　一』巻一二・二四話、二七五頁
巻一四－一七話、五〇四頁
巻一四－二九話、五六二頁　等

〔10〕『今昔物語集　二』巻一五・三一話、一一九頁
〔11〕『今昔物語集　一』巻一一・三五話、一九八－二〇一頁
巻一三・一一話、三八七頁
巻一四・二話、四七九頁　等
〔12〕『更級日記』八七頁
〔13〕同　八八頁
〔14〕『蜻蛉日記』一三九頁
〔15〕同　一三九頁

【古典考察】
■『徒然草』における説話要素
『小林秀雄全作品　14』新潮社、二〇〇三年
新潮日本古典集成『徒然草』一九七八年
新潮日本古典集成『古事記』一九七九年
宮崎安貞『農業全書　巻一～五』（日本農書全集12）農山漁村文化協会、一九七八年
〔1〕『小林秀雄全作品』一七二頁
〔2〕〔3〕同　一七四頁
〔4〕同　一六四頁

〔5〕〔6〕同　一六六頁
〔7〕『徒然草』四〇頁
〔8〕『古事記』一九〇頁
〔9〕『徒然草』八八頁
〔10〕『農業全書』巻三・二一七頁

■『鎌倉大草紙』から説経『小栗』へ

『日本書紀　二』岩波文庫、一九九五年
『一遍上人絵伝』（日本の絵巻20）中央公論社
『折口信夫全集』第15巻・民俗学篇1「七夕祭りの話」中公文庫
〔1〕『日本書紀　二』四〇頁
〔2〕同・二〇八頁
〔3〕『一遍上人絵伝』六三頁
〔4〕同〔3〕
〔5〕『折口信夫全集』一七四頁

【昔話読解】

■お月さんいくつ　十三七つ

〔1〕『わらべうた』編者／町田嘉章・浅野建二、岩波文庫、一三五頁
〔2〕ニコライ・ネフスキー『月と不死』東洋文庫
〔3〕『万葉集』巻四・六二三番
〔4〕松浦静山『甲子夜話』巻1、東洋文庫、二七九頁
〔5〕『石田英一郎全集』第六巻「桃太郎の母」筑摩書房
〔6〕同　三三頁
〔7〕吾郷寅之進、真鍋昌弘『わらべうた』桜楓社
〔8〕相馬大『京のわらべ唄』白川書院
〔9〕浅野建二『日本歌謡の研究』東京堂
〔10〕伊波普猷『伊波普猷全集』第二巻、平凡社、「南島史考」
〔11〕島袋全発『沖縄童謡集』東洋文庫、五頁
〔12〕『お月さまいくつ』法政大学出版局、「お月さまいくつ」一五四－一五五頁
〔13〕井本英一『飛鳥とペルシア／死と再生の構図にみる』小学館、「お月さまいくつ」
〔14〕関敬吾『日本昔話大成』第六巻、角川書店、「鬼と三人兄弟」二三八・二四一頁

■「大工と鬼六」読解

〔1〕小松和彦『神々の精神史』講談社学術文庫／『憑霊信仰論』ありな書房／『異人論』青土社／『鬼の玉手箱』青玄社／『説話の宇宙』人文書院
〔2〕池上嘉彦『ことばの詩学』岩波書店
〔3〕佐々木喜善『聴耳草紙』筑摩文庫、六七・一一〇～一一一頁
〔4〕『日本古典文学大系』岩波書店、「出雲国風土記」大原郡条、二三九頁
〔5〕関敬吾編『日本昔話大成7』角川書店、九五～九六頁
〔6〕『日本昔話事典』弘文堂、「大工と鬼六」、五二四頁
〔7〕〔8〕『日本昔話大成11』三七頁
〔9〕『撰集抄』巻七　岩波文庫、第五「仲算佐目賀江水堀出事」二一〇頁
〔10〕『新潮日本古典集成』『説経集』「さんせう太夫」、八四頁
〔11〕『日本書紀　一』岩波文庫、一八四頁
〔12〕「新潮日本古典集成」「古事記」、一九五頁
〔13〕『文化人類学事典』弘文堂、「命名」
〔14〕同「嬰児殺し」
〔15〕池上嘉彦『記号論への招待』岩波新書、六頁
〔16〕『日本昔話大成7』九一頁
〔17〕『倭名類聚抄』巻二、風間書房（原文漢文）
〔18〕『新潮日本古典集成』「堤中納言物語」、五〇頁

〔19〕『聴耳草紙』五一六頁

■捨て童子「金太郎」

〔1〕『定本柳田國男集』第二一巻・一二一頁
〔2〕森林太郎、松村武雄、鈴木三重吉、馬淵冷佑撰『日本お伽集2』（東洋文庫）、「金太郎」原版巻末解説、三四七～三四八頁
〔3〕『世界大百科事典』平凡社・一九六五年版、「金太郎」条（萩原竜夫）
〔4〕同右
〔5〕『日本古典文学大系84』岩波書店、「古今著聞集」、二七〇～二七二頁
〔6〕『定本柳田國男集』第四巻「山の人生」
〔7〕〔8〕同　第一一巻「祭日考」、二六七頁
〔9〕同　第二六巻「日本の伝説」、一八七頁
〔10〕佐竹昭広『酒呑童子異聞』平凡社同時代ライブラリー、二五頁
〔11〕同　二六頁
〔12〕同　三三頁
〔13〕『日本昔話事典』弘文堂、「山姥の子育て」条（山崎雅子）
〔14〕『通俗日本全史2』
〔15〕『新潮日本古典集成』「古事記」応神記、一九七～一九八頁

〔16〕『日本古典文学大系2』岩波書店、「風土記」山城国風土記逸文、四一四～四一五頁
〔17〕『高崎正秀著作集』第七巻、桜楓社「金太郎誕生譚」金太郎誕生縁起、一六頁
〔18〕同　一九頁
〔19〕『和漢三才図会』第六七巻、日本　伊豆、二五〇頁
〔20〕『高崎正秀著作集』第七巻、桜楓社「金太郎誕生譚」金太郎誕生縁起、一三～四三頁
〔21〕『新潮日本古典集成』「日本霊異記　第二八」、八三頁
〔22〕『小学館日本古典文学全集』「歌論集」俊頼髄脳、一五二～一五四頁
〔23〕『続群書類従』「本朝神仙伝」第八輯上、九三頁
〔24〕『室町時代物語大成』第三、角川書店「役の行者」
〔25〕同　八二頁
〔26〕大藤ゆき『児やらい　産育の民俗』岩崎美術社、一八一～一九二頁

あとがき

この小冊子は、これまで書き溜めていた論文やエッセイをまとめたものです。題名の「菫程な《すみれほど》」という表現は、夏目漱石の有名な俳句、

菫程な小さき人に生まれたし

によりました。

1977年に、武蔵高等学校中学校に国語科の教員として勤め始めました。早稲田大学の大学院の修士を出たばかりでしたが、専任教員として勤めながら博士課程での勉強も許してくれたように、学校も教員集団もとてもアカデミックな雰囲気を持っていました。そして、知的好奇心旺盛で、なおかつ優秀な生徒たちに恵まれて、ほんとに充実した教員生活を送ることができました。博士課程に進学した時は、大学で教えることも考えていましたが、当時の大坪秀二校長に心酔し、すぐに武

蔵での教員生活が私の生きがいになっていきました。

武蔵の国語の授業は教科書にとらわれずに教材を選べたので、毎年の授業の教材を何にするかから始まり、授業での生徒とのやり取りがいわば教材研究になっていたと言っても過言ではありません。私は大学院では、上代文学を専攻していましたが、ここでは専門に縛られる必要がありません。そこで、教材研究も兼ねて、ある程度の中身のある論文を毎年1本は書くことを自分に課しました。そう決めても実行は難しいので、東京都私立学校教育振興会の研究に応募をして、提出するようにしました。応募しても採用されなかった年もあるので、全体で18本くらいの論文を書いたでしょうか。夢に関する4本、古文関連の2本、昔話の3本はそれらの中から選んだものです。

生徒は何かしら、悩みを抱えています。哲学的で深刻なものから、学業関係のものまで幅広いものですが、その悩みの一端だけでも理解しようと、心理学関係の本をたくさん読みました。河合隼雄氏や木村敏氏の著作に出会ったのは、そんな時でした。夢や昔話に関心を持ったのはその影響でしょう。

巻頭の夏目漱石に関する論文は、1991年に武蔵の短期留学制度を使ってイギリスに旅行する機会を得たので、日ごろ気になっていた漱石のイギリス時代の痕跡を見つけようとロンドン市内を探し回って、まとめたものです。単純な疑問は、漱石は英語力に苦労しなかったのか、でした。作品からでは何の手がかりも得られなかったものの、友人にあてた手紙や日記にたくさんの記述がありました。そして、漱石の肉声をなるべく忠実に再現しようと多くの日記、手紙、作品を渉猟してまとめ上げたものです。

この旅行のもう一つの目的は、田中勝先生が派遣されていたイートン・コレッジを見学することにありました。岸田先生と一緒に訪れて、いつかここで暮らしてみたいと強く思ったものでした。その後、日本語の教師の資格を取り、曲がりなりにも英語の勉強をして、3年後に赴任することになったのです。コラムにも書きましたが、2年目を迎える年にウィリアム王子がイートン・コレッジに入学することになって、それはまた特別の年になりました。

イートンでの経験を文章にすることは多々ありましたが、教師の立場で書けるのは私だけと考えてまとめたのが、コラムの文章です。漱石からおよそ100年後の、イギリスでの生活の一例と受け止めてください。

武蔵では中1から古文を教えます。古典文法は中3からと決められていたので、中学時代はともかく古文をたくさん読んで、その面白さを知ってもらおうと工夫を凝らしました。その一つが「賦《ふ》し物」です。

最後にその「賦し物」を入れておきました。最初は自力で、難しそうだったらヒントを参考にして解いてみてください。

ヒントにも書きましたが、このなぞなぞに答えるためには、歴史的仮名遣い、いろは歌、方角や時間を表わすのに使われた十二支の知識が必要です。もちろんこれらは高校で本格的な古文を学ぶときにも必須の知識なので、それらが自然と身につくように考えて採用したものです。

いろは歌についても、いろいろと生徒に実習してもらいました。例えば、新しいいろは歌を作ってもらうとかです。実は私もいろんないろは歌を作りました。

海陽中等教育学校に特任講師で行ったときには、

広き海陽　男のみ　　　　　ひろきかいよう　おとこのみ
マスター故に　父母離れ　　ますたあゆゑに　ふほはなれ
無為を抜け得る　熱心へ　　むゐをぬけえる　ねつしんへ
役割持ちて　空目指せ　　　やくわりもちて　そらめさせ

また、２０１７年に山脇学園の校長にお招きいただいた時には、

山脇は　英語　リベラル　　やまわきは　えいこ　りへらる
武家黒門　井戸枯れぬ地　　ふけくろもん　いとかれぬち
皆頬寄せて　常に笑む　　　みなほおよせて　つねにゑむ
旅の勇士　明日を目指そ　　たひのゆうし　あすをめさそ

山脇学園では、素直で明るい生徒たちと、とても熱心でまじめな先生方に恵まれて、ほんとに充実した教員生活を送ることができました。

章扉の絵は、これも日ごろ書き溜めていた私のペン画を使いました。この小冊子は、菫程な小さなものには違いありませんが、私の教員生活の可憐な花であることを願っています。

最後に、本としての体裁を整えるにあたって、貴重なご意見をくださった文芸社の塚田紗都美さんに御礼を申し上げます。そして何よりも、慣れないイギリスでの生活を始め、ずっと私を支えてくれた妻るり子に感謝します。

著者プロフィール
山﨑 元男（やまざき もとお）
1950年　埼玉県生まれ
埼玉県立川越高等学校　卒業
高校卒業時に東京大学と東京教育大学の入試が中止となる
東北大学理学部物理系学科　中途退学
早稲田大学第2文学部日本文学科　卒業
早稲田大学文学研究科日本文学専攻博士課程　満期退学（文学修士）
1977年　武蔵高等学校中学校　専任教諭（国語科）
1994年～1996年　武蔵からイギリスのイートン・コレッジに日本語教師として派遣される
2005年～2010年9月　武蔵高等学校中学校　校長
2011年～2017年　海陽中等教育学校（愛知県）　特任講師
2017年～2021年　山脇学園　校長

菫程な論文集

2021年12月15日　初版第１刷発行

著　者　山﨑 元男
発行者　瓜谷 綱延
発行所　株式会社文芸社
〒160-0022　東京都新宿区新宿1－10－1
電話　03-5369-3060（代表）
03-5369-2299（販売）

印刷所　株式会社フクイン

ISBN978-4-286-23067-2